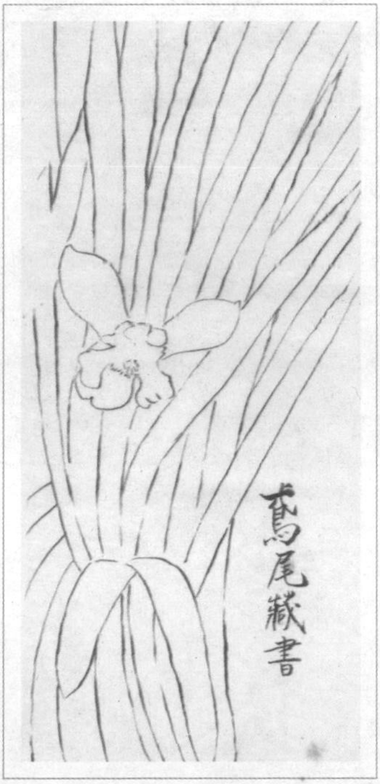
鳶尾藏書

土地依然是花園

涂妙沂 著

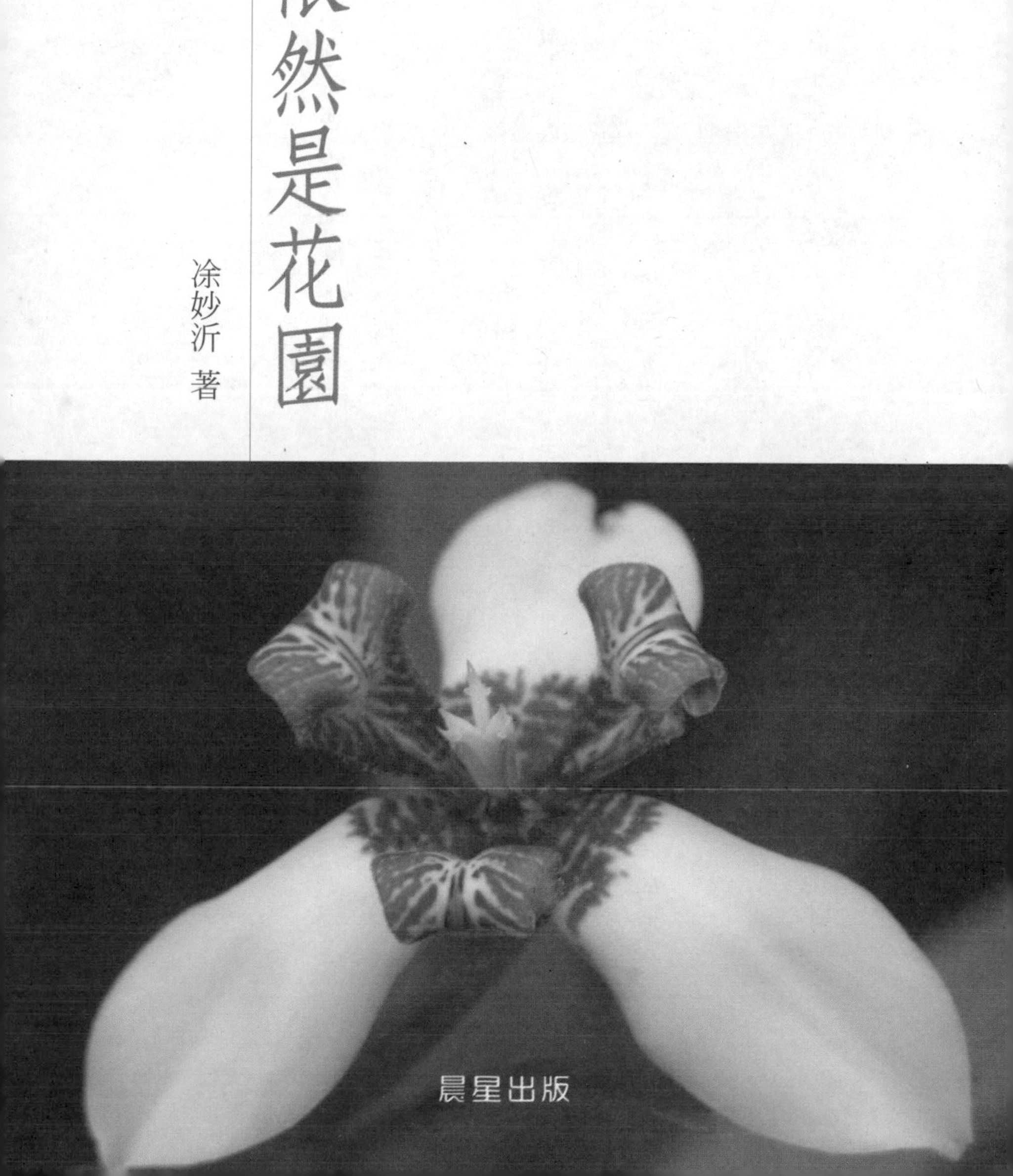

晨星出版

【推薦序】

竹林之約

陳月霞

當涂幸枝變成涂妙沂時，我以為她只是一時興致，後來發現她是認真的。一度以為，妙沂只是暫時遁入空門的涂幸枝，後來才發現，相反的，妙沂是正式現身紅塵的涂幸枝。

與涂幸枝相識十六年，一直認定她是寫作的人，但事實上，她一直隱身幕後，激勵別人。從一九九〇年春，接受她邀稿開始，我們就一直維持「主編與作者」的關係。而且無論她轉到哪個報社，這關係從無間斷，甚至於連同樣的專欄都跟著一齊轉。後來我們成了朋友，互吐心聲、分享生活；也成了革命同志，共同為台灣的山林奔命。

這位主編，不但提供作者寫作園地，更熱絡地要提供作者書寫的場地。她在台中置一公寓當渡假屋，每次到台中都不忘邀約，「妳一定要來，我們這裡的竹林好美，風景實在太棒了。」後來我分享了她的盛情，她決定為我打造一把鑰匙，提供我多一處寫作的地方。

事實上，竹林之屋，我只去一次，也就是與她喝下午茶的那回，之後沒多久，她就去美國讀佛學。

一九九九年她回台灣，當時我覺得她雖然進入佛學院將近三年，但是並無出世的決絕。二○○○年她從美國回來，先在台北的出版社，之後到慈濟工作，然後去桃園的自然禪修園區。知道她改名妙沂，懷疑她是否將以佛陀世界為家，就此遁入空門？然而，言談間，依舊感覺她塵緣未了。

讀了這本書，我終於才明白過來。

我也才恍然，原來昔日她對婚姻的闊達，其實隱含著太多創痕，就和她熱愛的土地一樣！

這書佈滿婚姻的傷痕，以一種摔破瓦片的方式，鑲嵌在各個角落，除了卷三的〈自然與女人〉之外，無論寫田園生活的卷一，或是卷二〈城市草札〉，都有跡可尋。

「烏桕．女人．情」更道盡了她這一路走來最深沉的悲愴，讀來令人心生憐惜。

在「無愛情的寧靜感」中她寫道：「宗教是絕望生活裡冒出的新芽」、「寧靜也是一種幸福，遺忘則是一種智慧」、「人生總有恩怨情仇，在時間中漸漸化成蛹，成了一隻幼小的小灰蝶」、「女人的一生，有太多的歲月付給了愛情，從少女到為人妻，從有家庭到回復單身，一直不安靜的過去，總來煩人」、「不要再倒退走，像那隻高山上的茶腹鳾……」。

在「從生命底層升起愛」，她寫果子貍：「在已開口的籠子裡繼續禁錮著自己。……難道被禁錮久了，牠已經放棄外面的自由？……我是否也像那隻果子貍？渾然不覺自由就在手邊，還縮在籠子裡繞著圈圈？」

在「感情的森林」裡她說的是別的女人，也像說自己，「傷心青春歲月中，沒有被丈夫疼惜過。」「很多走出婚姻的人，不輕易再走進感情的森林，是害怕那種感情的糾葛，如纏勒植物般，勒得人不舒服。」

困阨在這樣的泥沼，很難使人前進，尤其當她肯定「生命當中，最飽滿愉悅的日子就是童年，它是綠色的，充滿生命力。」於是返回那段「最飽滿愉悅的日子」更無可厚非。

二〇〇六年，當妙沂找我為這書寫序時，她已回到高雄。我相信無論書寫或重返傷心地，面對了，是再度啓程的時候。

《土地依然是花園》的文章，除了少數幾篇是早期的之外，絕大多數是妙沂二〇〇〇年之後的作品。除了她的情傷之外，更多對環境、文史與弱勢的關懷。台灣人一向是流浪在台灣的動物，欠缺文化遺產的經營，《土地依然是花園》恰似纖細的草花，填補錦繡大地的一些角落。而土地的文學需要質樸的草原，《土地依然是花園》也栽植起台灣五〇～九〇年代的一片綠地。

妙沂書寫，可以說，文如其人，直截了當，平鋪直述；讀她的文章，只能悠閒，然後在看似平實的文字當中，突然會躍出精彩。「她的皮膚軟軟皺皺的，我怕不小心把它洗痛了，就像擔心過度成熟的水果，隨時會從樹頭掉下來那般。」「祖先回來，怎麼尋找回家的路？沒有長著鮮紅果實的構樹，和一樹貪吃的綠繡眼來列隊歡迎他們；沒有大得像盾牌的血桐葉，守衛在門前；沒有地上散落的大綠陽傘，他們豈不是要迷路嗎？」

其實如我一直認定的，她是寫作的人，許多篇章都呈現知性、感性與智性的結合，但是我必須說，她其實應該寫得更好，如果她有更多的沉澱，「烏桕・女人・情」，必然能更濃郁、醇厚，如歌如詩，精湛絕倫。

——二〇〇六年四月十五日　台中大肚山

【代自序】

疼惜自然，疼惜女人

說到我對自然的感情，用「疼惜」兩字一點也不為過，柴山是我與自然相戀的第一個經驗，那時跟著生態老師們陳玉峰、洪田浚、王家祥跑野外，學習觀鳥、觀植物、觀動物，總有無限盎然的新鮮趣味，我很快便連結到童年的農村歲月，後來加上生態的專業訓練，我不只是像戀著情人般的愛戀自然，甚至意識到自然已經融入我卑微的生命了。

有時候，我去山中，不知不覺中已經有了一個慣性，聽見鳥聲就判斷是哪一種鳥？看見花花草草樹樹就會蹲下來欣賞，自然儼然已是種在我骨頭裡的種籽，拔都拔不掉了，而土地則是今生永恆的愛戀。

〈新化丘陵〉是書寫童年農村經驗的記憶，那是自然的初體驗，在土地的寬闊天地中，我已然種下今生愛戀的故事，自然是生命快樂的最初，種得好深，通透到骨子裡了。〈城市草札〉是離開柴山後，城市與草地的思索札記，有經驗、有思想、也有活生生的人與自然的抗衡體驗。〈自然與女人〉是這本書最重要的思想部份，女性議題是我長期關注的，自然中的女人，女人與自然，這些都是我觀察紀錄切入的角度，我自身有受創的經歷，卻從自然與文學中得到啓發從而走出幽暗，這個體驗是我很願意與其他人分享的，更希望受創的心靈能夠如樹葉般在季節中換葉，脱落去枯黃舊葉發出新芽，這才是我鼓起勇氣書寫自身故事的初衷，在時間的洗鍊中，往事成為現在的土壤，自然是種子，生命經驗是土壤，最終會開出燦爛的花朵。

這本書寫著滿滿的感恩，對家人和朋友，最要感恩的是台灣這塊豐富的土地。「土地公會長樹」這是我最深深被感動的，當我去桃園記錄貓尾崎時，老婦人指著自然步道説：「這裡以前是茶園，我少女時代在這裡採過茶。」我瞇起眼睛看著，那些樹和北台灣的闊葉林區相類似，也就是説土地的生命力始終潛藏著，並未因人為的開發或破壞而崩解，它只是沉潛地下，有朝一日它會再冒出土來。

距離上一本書《柴山主義》忽焉已過了十三個年頭，我寫作的路可以說是充滿波折的，一直到四十歲之後才有機會專心寫作，也才能把十多年來斷斷續續的各類作品做一番整理補述，充實為一部完滿的著作，這其中其實有很無可奈何的人生轉折，女性的第一本書寫必定是自己個人的生命小史，由此出發到探索世界的路程。我不畏懼的將自己裎裸在讀者面前，其實是希望抖落過去的傷痕，重新讓自己有進步的空間。

這本書得以問世，要感謝兩位副刊主編在文學發表的提攜：中國時報人間副刊的劉克襄先生和更生日報四方文學版的林玉雲小姐。感謝黃光瀛提供我一台好相機，使這本書的照片得以做最美的記錄。郭城孟教授在生態方面的教導。王瑞香與白聆、游紫玲、高玉蕊在文學上的切磋勉勵，更是我文學成長一路相隨的友伴，王秋燕、陳秋萍、陳淑惠、呂淑芳、張淑芬相濡以沫的友誼心靈成長。家人在經濟上的支持，使我能夠走出這一段充實飽滿的寫作路程。在在都是這本書不可或缺的推手。

最後，假如這本書有與人為善的功德的話，願將所有功德迴向給所有生界含靈，世界和平。

——二〇〇六年六月　柴山

涂妙沂

土地依然是花園

目次

卷二 城市草札

卷三 自然與女人

卷一

新化丘陵

旱地裡的童年

我的童稚時代是在新化丘陵邊緣的小農村渡過，那九年的快樂時光，是我生命中最重要的部分。老家在山上鄉，它古早有一個很土里土氣的地名──苦瓜寮。

九歲以後，當我因爲求學關係，隨著父親遷徙至城市，每回放假坐客運車回草地探望祖母，司機問我：「坐到哪裡？」我的喉嚨常會因爲害羞而總是把「苦瓜寮」三個字卡住。

我在城市認識的新朋友，在聽到苦瓜寮這個地名時，先是一愣，然後便是一陣爆笑，讀小學時我不挺喜歡這個地名，長大以後，竟覺得它土得可愛，比後來改的「明和村」更適切村人純樸、憨厚的農夫性格。

小時候常問母親：「爲什麼要叫苦瓜寮？」

那時老家的田地大半種土豆、甘蔗等旱地作物，有的闢爲香蕉園，趕趁台灣一陣香蕉出口的黃金期。除了這些，其他的農作物就是芝麻、綠豆、甘藷，就是沒有苦瓜。

母親是一位記憶力絕佳的說故事能手，她總是笑咧著嘴說：「憨囡啊！古早人說這裡從前種很多苦瓜，作穡人搭個寮仔照顧穡頭，大概是這樣由來的吧！」

我的家族在苦瓜寮居住大約已近四百年的歷史，小學時代每回要填寫「祖籍」時，父親總對我搖搖頭，「嘸知影，從鄭成功時代就來啦！」家族沒有族譜，這使得我有「身世成謎」的感歎，也對尋找古早的歷史，有濃厚的興趣，每回問到家族的歷史，母親就重述一遍阿祖告訴她的涂氏家族奮鬥史，一部流傳家族數百年的「口傳歷史」——

古早時候，涂氏在苦瓜寮過得很艱苦，因爲苦瓜寮屬旱地，種作不易，後來有一位聰明又勤奮的祖先，趁著農閒時養豬，把豬仔賣掉買田地。後來，又有一位勤儉持家的祖先，她是守寡的婦人，叫做「珍珠」，珍珠婆婆很節儉，據說每回拜拜的一盤肉，每餐端放在桌上，幾個媳婦都不敢挾肉來吃，珍珠婆婆靠著節儉又買了一些田地……。

從小我就愛聽母親講述關於苦瓜寮的故事，母親唱作俱佳，更是講俚語的高手，這些鄉土傳說，成爲我童年最佳的童書，活生生的童書。母親不懂白雪公主，也不懂灰姑娘，她說虎姑婆，說魔神仔，說白賊七，說村子裡的傳奇人物故事，她用故事教導我做人的道理，每回她要講述一個道理，或者指正我們兄弟姊妹錯誤的行爲時，她便會先引述一段她學到的俚語，這些俚語是鄉下人的智慧結晶，每回她講俚語時，我和妹妹便豎起耳朵來聽，那是學校裡學不到的，有些俚語非常有趣，它豐富了我們的家庭生活，使我的童年添加語言的意趣。

我印象深刻的一則俚語故事——屎伯無存後：

屎伯是村裡的傳奇人物，他原有小康的家境，就在他四十多歲時，他去算一個命，算命的推算屎伯只能活到五十歲，屎伯竟聽信了算命的話，從此意志消沉，開始吃喝玩樂，也不作穡，未到五十歲就蕩盡家財，諷刺的是過了五十歲屎伯仍活得很勇健，然而孓然一身，他竟淪爲乞丐，消沉一生，多活了十多年，不光彩的十多年的歲月。

我年幼時還看過屎伯，他總是無精打彩地坐在廟埕，發呆度過靜寂的一天，母親說：「算命嘴胡累累」，害人不淺，並以這句流傳在村裡的俚語，告誡我們兄弟姊妹，做人要為自己留三分餘地，尤其我和妹妹貪吃時，她便又嚴肅地重述一遍，這句俚語在我的家庭經常出現，特別是在餐桌邊。

五歲以前我過的是大家庭生活，那時父親和二個叔叔尚未分家，三房人口加起來十多人，吃飯分二個回合，作穡的男人和女人先吃，小孩子最後吃，鄉下人雖然沒讀過什麼書，但是長幼尊卑的分際嚴明。

家族以勤儉持家出名，據說當年母親下嫁父親時，兄代父職的大舅還慎重其事到苦瓜寮「探聽」，「探聽」是鄉下婚俗之一，就是男女相親之後，女方去男方家附近向左鄰右舍打聽男方在地方上的風評，「探聽」之後，大舅很嚴肅地問母親：「凃氏家族作穡以勤奮出名，要做凃家大媳婦，得下田種作，妳堪作嗎？」母親點點頭。

母親回憶她新婚時，父親常拉著她千金小姐的細緻玉手說：「一看妳的手，就知道妳沒下過田，作穡很苦，妳要忍耐。」父親是長子，祖父英年早逝，父親十六歲便下田，身子尚未發育完全，拖拉犂田的犂耙，使父親從少年時代便駝背，他是艱苦過來的，我在求學時代，每當怠惰不用功時，父親便嚴肅地講述他成長的辛酸史，我們兄弟姊妹便收斂玩心，回到書桌，一如父親所說，能夠受教育是一種幸福，比起他拿田裡的大筆，書桌上的文筆是輕鬆多了。

母親雖是鄉下農婦，但她的少女時代跟著從商的大舅住在府城，是見過世面的時髦女性，大舅在日據時代是小學教員，對她教導嚴格，母親年幼便父母雙亡，年長她十五歲的大舅等於是父兄。受到大舅的影響，母親特別重視孩子的教育，她不像許多鄉下農婦，會要求孩童分擔田裡的活。我是農夫的女兒，卻從來沒有下過田，唯一的一次紀錄是到香蕉園拔草，記憶中的香蕉園有許多馬陸，年幼的我跟在兄姊後頭，拔沒幾棵草，就跳到傾倒的香蕉欉上坐著，被地上的蟲嚇呆了。

蟲使我肯定童年時代的苦瓜寮，尚未被農藥污染，因此我和堂兄弟姊妹們每天穿梭在果園和田間，整個苦瓜寮庄就是我們的兒童樂園，大人們放任我們在庄裡玩耍，因爲在苦瓜寮庄，有三分之一人口姓涂，誰是某某人的孩子，從長相就可以八九不離十的讀出。我們共同的保母是祖母，祖經常背上揹著小堂弟，一手牽著妹妹，一手牽著我，庄頭庄尾串門子，每天對我來說都是新鮮和令人驚奇

除了人以外，
我的生活裡熱鬧繽紛，
牛、豬、雞、鴨、
蚱蜢、土蜢、蟬、蜜蜂，
牠們使得我從幼小時期便了解，
人不是世界的唯一。

的，直到夕陽沒入新化丘陵娟秀的山陵，我才會回到茨裡做完母親吩咐我的簡單家庭雜務。

母親是個聰慧又勤奮的女人，嫁給父親之後，她才開始學作穡，但她天生伶俐，很快地她又成爲優秀的農婦，父親讚賞母親的經濟頭腦，母親懂得挑選品質優良的水果，拿到市場上賣，增加家庭收入，從前善良的祖母都是任由庄內人採摘果園的水果，吃不完的，任由它爛掉。具備經濟觀念，使得母親在家族中頗具發言權，和男人平起平坐。我記憶深刻的是母親的農作物和水果，總是長得很好，那和她的勤快有絕大的關係。每天清早，母親便戴上斗笠，包好頭巾去田裡做活，不到日頭炎炎不回茨裡吃午飯，下晡又趕著下田，日頭落山她才回茨裡。我通常要到黃昏後才看得到母親，一到晚上，她又把我們兄弟姊妹趕到書桌前，像她趕牛那麼認眞，她則在一旁做裁縫，督促我們讀書，我這輩子從沒見過像她那麼好學的農婦，她早早地便灌輸我們讀大學受高等教育的「生涯規劃」，我們兄弟姊妹四人後來都能完成大學學業，都得歸功她裁縫機旁的伴讀。

我對於童年時代家的印象，就是大書桌前四個低頭做功課的蘿蔔頭。父親那時正離開草地去府城的藥廠，學製藥的機工技術。不久，我們便遷徙到府城，從「草地人」變成「市內人」，六〇年代，那時正是台灣農人遷徙至城市的熱潮時期。

然而我的草地童年並未結束，因爲老家的茨和田都在，庄裡不少人賣掉田產去城市買樓房，一個叔叔也不例外，唯有父親始終固守祖父留給他的祖產，除了飲水思源外，我想或許那是父親紀念祖父的一種方式，我得感謝父親的明智，這使得我的童年得以延長，甚至到了國中時期，我仍然常常童心未泯，而每年寒暑假，我的假期總在苦瓜寮度過，那是最野放式的夏令營，龍眼樹和芒果樹梢的蟬聲，泥土洞裡的土蜢，增添生動的兒時記趣，也使得我和世界的最初相處，自在而生趣盎然，除了人以外，我的生活裡熱鬧繽紛，牛、豬、雞、鴨、蚱蜢、土蜢、蟬、蜜蜂……牠們使得我從幼小時期便了解，人不是世界的唯一。

長大以後，對於世界和生命的探觸，我經常興味盎然，並且懷著良善的心意，想必和童年愉快的生命體驗，有很大的關連。

轉眼之間，離開家鄉三十多年了，童稚時期那一段快樂的旱地裡的童年，仍然留存在我心田，那是上天給我一份既草莽又溫暖的禮物。直到今天，當我面對生命困境而心生沮喪時，那段充滿驚喜和人情味的旱地裡的童年，便以悅耳如銀鈴般的笑聲，向我呼喊而來。

——一九九七年六月三十日

長大以後，
對於世界和生命的探觸，
我經常興味盎然，
並且懷著良善的心意，
想必和童年愉快的生命經驗有關。

在城市裡「活下來」的種田人

凃規矩 口述／凃妙沂 整理

作穡的日子

我是自耕農，今年五十六歲，家鄉在台南縣山上鄉，尚有六分六釐的旱田，這些田是祖宗肉。大約在清朝末年，本姓的祖宗勤奮作穡，農閒時兼當豬販，從外地買進小豬，賣給本村人飼養，粒粒積積存錢，傳給四房兄弟，一代傳一代。我阿爹分得祖產二甲，底下有三房壯丁，一人分得六分六。

台灣光復後，我十四歲，阿爹得肝熱仔過世，阿娘三十二歲守了寡。我是長男，學著大人駛牛犁，去田裡作穡，身子還沒長壯，瘦巴巴的，拖一個大牛犛。沒辦法，下面五個弟妹比我更小。村子裡的人，種的都是旱田，嘉田大圳從日本時代就建設了，可惜沒經過我們的村子，種不成水稻。四季的種作，大概是土豆、甘薯、甘蔗或麻仔，旱作物輪種。有時栽一期稻作，只能看天吃飯，碰上老天不肯合作，硬是不落雨，就等著收稻草囉，整區田看不到一粒稻穗。

村子裡沒田產的人家，就更慘啦。當時工廠很少見，也沒零工可做，只能靠撿甘薯維生，或是到山裡撿柴擔到山下賣。每年三月二十三、九月初九，村子裡做大戲，賣柴的生意大好。不過，做大戲要大請客，這一年賣柴的積蓄，兩個大日子就花光光了。

二十三歲時，我娶隔壁又隔壁庄的女子做牽手，伊二十歲，媒人做的親。伊作穡不輸別人，也很會養豬，每次養大約五、六隻豬，最多還養到十幾隻。養豬挺辛苦的，透早透晚得斬香蕉欉頭、煮糰（ㄆㄨㄣ台語音）、餵豬，豬糞留作肥料。自娶牽手以後，土豆、瓜子愈長愈好，收成時看得笑呵呵喔。

不過，這種好光景並不長久，一家夥的人，十多張嘴巴，全靠兩甲旱地過活，日子眞難打算。族裡人又流行「放伴」輪作，甲家耕乙家的田；乙家耕丙家的田；丙家再耕甲家的田，比賽作穡的功夫。這種輪作方式，我家最不划算，口份最多田最少，耕來耕去肥了別人的莊稼，自己累得慘兮兮，實在眞憨。後來學聰明了，把人手分成二路：二個弟弟、三個妹妹去高雄市「住工廠」；我和牽手守著旱田作穡。

民國五十三年，三兄弟分家，我的四個孩子分別是九歲、八歲、四歲和一歲，田只有六分六，不夠吃用，開始想著向都市發展。時代的變遷是人料不到的，村子裡無田產的「撿食」人，這時候都搬到都市去做工、做生意，現在混得比我還「風神」哪。當年家無恆產的人，很難娶某，媒人做親時，都是比田地的，這大概就是古早人說的：「三年一運，好歹照輪評。」

成爲勞工

大約是民國六十年，農業社會逐漸變爲工業社會。有工廠才有工可做，庄裡人開始向都市遷徙，大部份湧向台南市及高雄市，取地理的便利。我們的村子距離台南市，大約五十分鐘的客運車程。

民國五十四年，我三十四歲，隻身到台南市「住工廠」，在成藥廠當機械操作員，牽手守在家鄉作穡，在成藥廠由「師仔」幹起，管吃管住，月俸五百元。藥廠女工日薪是八元，當時工廠就業機會少，藥廠女工不做粗重的工作，年輕的小姐當女工賺點嫁妝，一天八元還是有人願意做，那時公務員月俸大約二千元。我只讀到國校畢業，除了作穡，大概也只能作工。

藥廠的工作多又零碎，打藥片、藥錠、混糖衣兼打雜，晚上十點才得休息，沒加班費可拿。我慢慢做到師傅，功夫是進步了，跟日本技師學的，月俸還是像烏龜一樣，爬升得好慢好慢。廠裡人禮拜放假，我才回鄉看牽手和孩子，老大上初中了，轉來台南讀。眞奇怪，也沒人教他們，四個居然都讀得不錯，不讓他們升學，實在不好意思。以後的日子，只好拼拼看。

民國五十九年，接牽手和另外三個孩子來台南團聚，田和茨留在鄉下。阮牽手剛到台南時，做了二年小工。伊每天覆面巾戴斗笠，騎腳踏車去建築工地做工。有時也和男人一樣扛水泥袋，日薪五十元，二年後漲到七十五元。工作實在艱苦，做不下去了，換到藥廠做女工，日薪三十元，收入減少一半，只好打拚一點，星期假日回家鄉作穡。農作物總是跟著作穡人生長，人不在家鄉，無法時時照顧，只能種植甘蔗，製糖用的。

甘蔗首期插作，一年半收成，第二期是一年收成。現在甘蔗的收入，六分六的田，每期毛額大約是五萬元。我和牽手的做工所得，僅夠一家人的開銷，四個孩子的註冊費，得另做打算。老天好像替我們安排妥當，蔗作收成，學校也要註冊了（上學期）；領年終賞金，學校又要註冊了（下學期）。四個孩子讀書，好像在接力賽跑，一個畢業了，下一個又剛考取。以前收入小額，他們讀中學；後來收入大額，他們讀大學，幸好有三個讀國立大學，較省錢，直到去年，最小的也大學畢業，我的年終賞金才存下來。祖上沒出過讀書人，沒想到祖宗傳給我那六分六的旱田，竟然栽培四個大學生，在村子裡創紀錄了。

那幾分旱田，今年開始贌（租）給村裡人種，租金年收入共一萬七，差不多是我現在的月俸。所得稀少也沒辦法，我和牽手老得做不動穡頭了，也可能是年輕時，打拼作穡作工作過頭，把身體搞壞了。

落腳在城市

遷出農村了，怎麼可能再回去呢？

我二弟早年待過藥廠，也回鄉專心作穡過。後來轉去高雄做生意，剛開始在市場賣雞蛋，一天賺幾十元。過了不久，想做水果的生意，缺本錢，只好賣掉茨地。在市場賣水果總算小賺，過年時一天賺過三、四萬，賣水果的毛利大約是一、二成，打拚一點不難賺。搬運水果卻是粗重的工作，還好，拿鋤頭出身的，不怕吃苦。

他那六分六的旱田，是最貧瘠的「歹田」，分家是抽籤的，沒辦法。分家時他尚未娶牽手，庄裡人較現實的，一打聽他的田是「歹田」，也有不肯把女兒嫁給他的。他在高雄的十八年，田也是瞨（租）給庄裡人種。都市計劃以後，他的田劃入工業區，現在是三兄弟中，最有價值的地，一分值四十萬。農業用地，一分約值七萬。田雖然是旱田，總是祖產，除非有急用，否則賣它做什麼呢？以後就難說了。我們三兄弟已老得無法下田，下一代都是只會讀書的「軟腳蝦」，瞨給村裡人種，收入菲薄。若是論經濟收益，田早就賣掉了，關鍵是人和田的感情賣不掉，將來田留給我的獨子，他要如何打算，隨他去啦。

我的四個孩子，老大和老二在銀行工作，都是吃公家頭路；老三唸文科；老四學電腦。三個住台北，一個住台中，難得回台南，更少回鄉下，即使回去，也很少人認得他們。今年老三回鄉，問路要找她堂嫂的新茨，一問竟問到自己的尾姑婆，兩人互不相識咧。老二明年娶妻，未婚妻是山上鄉人，姻緣註定他要娶故鄉人。他說等他退休後，要回鄉養老，三十幾年後的事情，我不敢替他料想。讀書人較浪漫，這個囝仔讀中學時，就說過：「咱厝邊的果樹挖掉，種玫瑰花好嗎？」他從小沒拿過鋤頭，長得斯斯文文，很難看出是作穡人的子。

我和牽手在都市住習慣了，鄰居相熟相照顧，有的也是鄉下搬來的。現在兩個星期回鄉下一次，騎機車約一個多鐘頭時間，回鄉巡一巡贌給村人種的田，找一找老親戚。我的厝租給村人住，怕久沒人住，屋子會養蟲子，特地留一間正房，回鄉時可以在那裡休憩。

阮住都市是住「慣習」的，回草地是住「意思」的。

——一九八八年一月九日

遷出農村了，
怎麼可能再回去呢？
阮住都市是住「慣習」的，
回草地是住「意思」的。

春天阿嬤

「阿嬤，您還認得我嗎？」我挽著祖母枯瘦的手問。

「妳是誰啊？」阿嬤笑嘻嘻反問著。

出國四年後再回到家園，最讓我感到難過的是祖母已經認不得我了，就像她早已認不得她的十九個孫子一樣，阿茲海默症將她的記憶和我們阻隔了。往常當我開著奧斯汀小汽車載她去兜風時，她會像個孩子似的笑開懷，每回看到我來，她從巷子口叔叔家快步走到我車旁，摸著綠色白頂的卡通車說：

「妳的車眞古椎，我在這裡杳杳看著，看不到妳的車。」

我知道祖母又在巷口等我，我的車子，家族的孩子們叫它「小青蛙」，小青蛙是我和祖母之間快樂記憶的聯繫，它曾經載著她去文化中心，去公園散步，去麥當勞……。那年我帶祖母去麥當勞吃蛋捲冰淇淋，那是吃蛋奶素的祖母最時髦的零食，我們一起坐下來喝咖啡，那是她生平第一次在流行的店喝流行的食品：

「阿嬤，咖啡好喝嗎？」

「不錯啦，好喝哦，可是有點苦苦的，像中藥呢。」祖母瞇起她慈愛的眼睛，做了一個很新鮮的表情，我們相視一笑。大概是因爲生性頑皮的我總是開著「小青蛙」載著祖母去玩耍，祖母便對「小青蛙」有了記憶，她總是在來來往往奔馳過巷子的車陣裡尋找「小青蛙」，等待小車子裡的孫女兒，等待一次快樂的出遊，像個孩童期待遠足一般。

祖母的記憶已經退化很久了，三十二歲就守寡的她，在漫漫的孤寂歲月中，最終卻以回到童貞的心境來度過晚年。而我童年時代對祖母的記憶卻隨著年齡而更加鮮明，每回看到祖母，我最喜歡抱著她「老倒縮」的瘦小身子，像童年時代一樣撒嬌：

「阿嬤，上回媽媽帶妳去杉林溪好不好玩？」

「那個山坪不錯啊。」對祖母來說每個山都一樣，都是和她娘家一樣的山坪。那個在新化丘陵的僻遠小農村，我六歲跟她返鄉喝喜酒時，要坐糖廠小火車，還要走過搖晃老舊的竹橋，再步行一大段上坡下坡的泥土小山路。山村長大的特質，祖母即使現在九十歲的高齡，依然喜歡行路散步。在嬸嬸們的眼裡，祖母的山村絕活還包括爬竹子，那是因爲山村種著一叢叢的刺竹，常常需要用柴刀砍掉棘生的枝椏，可惜我從來沒看過，因爲打從母親嫁進家族，祖母便從農事中隱退，負責帶孫兒輩，那時她不過四十二、三歲，而我出生時，祖母已然年過五十了。

童年時代住在苦瓜寮的記憶，都是祖母揹著堂弟，牽著我和妹妹的手走過村子的親族家，去和她的姊妹伴們串門子，那些嬸婆們會從孩子的長相來判斷我們是誰的小孩，很驚訝的，她們從來不會認錯。祖母有時坐下來和她們剝著花生閒談農事，她在家族的人緣很好，因爲她是個善良的人，龍眼或芒果採收時，她總是開放給親族的人去採摘，雖然是個不精明算計的農婦，卻讓親族之間有最濃蜜的情誼，即便自家過著清苦的日子，她依然整天笑滿懷，一見人就笑似乎是她對世界唯一的態度，沒有人是壞人，都是一家人。

祖母的脾氣是很好很好的，她在老家的和室眠床，經常是把三個兒子的十一個孫子塞在一堆，兒伙們就在藺草席上嘻笑吹牛，你吵我鬧喧囂翻天，祖母從來也不生氣，她拿著蒲葵扇子來回給每個孩子搧風，卻常常自己先累得打起瞌睡。當我們在果園裡灌大蟋蟀時，堂姊妹看著一隻特大號的大蟋蟀從淹水的家園跑出土洞，嚇得趕快叫祖母，正在煮飯的祖母會從灶腳間衝出來，幫忙抓大蟋蟀，不識字沒讀過「人本教育」的祖母，從沒聽過教育心理學這種名詞，她只是用眞心來愛她的孫兒們。

小時候，祖母常會把兒子們給她的零用錢和我、妹妹分享，我總以爲祖母對長子的小孩偏愛，然而很多年後，當堂妹罹患血癌時，祖母以素食的誓約爲她祈福，我知道她對孫兒的愛是很眞摯的，因爲眞摯，自然就會平等。剛開始吃素時，祖母偶爾會告訴我：「有時候看到豬肝，好想好想吃，可是不能吃。」祖母卻很篤定這個誓約是她和菩薩之間的約定，雖然堂妹最後沒有因爲她的素食誓約而挽回生命，但她離開世界時一定不會忘記家人對她的慈愛。

不知道是不是受到祖母的褓姆薰陶，堂兄弟姊妹們的脾氣都很好，有祖母蓮葉般的柔和氣質，這個性情的特質在和別家的孩子相處時就會顯現出來，每當遇見蠻橫的小孩，我家族的孩子就會逃開，不理會爭得面紅耳赤的場面。祖母一個人帶十一個孫子，有些長大上學去了，但她身邊經常圍繞五、六個孩子，她平日會集合孫兒們在牛車前講她唯一的遊戲規則：「不可以冤家哦！」她用她獨特的河洛母語說著。

祖母獨特的河洛母語後來成爲我尋根的線索，那時我在探尋家族的平埔族血緣，因爲老家正位處嘉南平原與新化丘陵的交界地，也是西拉雅族人從台南安平地區撤退到新化丘陵山區的中途站。我常去探問祖母年輕時的記憶。那時，祖母的阿茲海默症已經開始有症狀出現，記憶力逐漸喪失，祖母的記憶是零星散落的，我只能從她身上捕捉到吉光片羽。

後來當我研讀平埔族的研究書籍，我想祖母身上最明顯的特質就是她與世無爭的個性，那也許是她山村的成長經驗使然，也許是平埔族的血緣遺跡，在平埔族的語言、血統已失落的今天，我卻從祖母身上感受到這個平埔族人最美好的文化，那就是純眞的性情。祖母聽不懂平埔族是什麼東西，她只是瞇著雙眼皮深凹的大眼睛，又嘻嘻笑著說：「我憨慢，什麼都不懂。」我挽著祖母枯瘦的手，把她戴在鬢上的朱槿花戴好，我可不管嬸嬸們怎麼看待在巷子裡摘花戴在髮上的年邁婆婆，我懂得祖母童摯的心，當我把「小青蛙」停在巷子，看見戴著紅色朱槿花對我微笑走來的祖母，我眞的好感恩今生有這樣純眞的阿嬤，她給我的慈愛是我這一生最寶貴的生命經驗。

那年母親節的午后，我幫祖母洗澡，這是我生平第一次幫她洗澡，看著她滿頭削短的白髮，我知道很久很久沒有親人幫她洗頭了，家人都是帶她去美容院洗。趁著中午春陽曬暖了屋裡，我在不寬敞的澡間幫她脫衣洗浴，從頭髮開始輕柔的洗，像小時候她輕柔的替我搧風一樣；再輕柔的洗身體、手和腳，我洗的很慢，因爲她的皮膚軟軟皺皺的，我怕不小心把它洗痛了，就像擔心過度成熟的水果，隨時會從樹頭掉落下來那般。

洗完澡，我坐在沙發上幫她把黏結在耳環上的黑垢清乾淨，然後我抱著她聞著她身上沐浴乳的香味，把頭輕靠在她肩上。我猜想已經很久很久沒有孫兒們這樣抱著她撒嬌了。

照顧阿茲海默症需要很大的耐心，因爲前腳說的事她後腳就忘了，但我感恩的是祖母除了洗澡需要人照料外，身體沒有病痛，她也不煩鬧，經常是安靜的四處走動，她輪流住在三個兒子家，最讓我遺憾的是我家兄弟姊妹都住台北，而她須住南台灣，她已經老得不適合遠遊了，我已經沒有福氣再開著小汽車載她去陽明山看杜鵑花開。「小青蛙」在我出國時賣掉了，這是我對祖母最抱歉的事，我竟把她和我之間最快樂的記憶給賣掉了？

不知道祖母是否還記得阿公，那已經是五、六十年前的往事了。那年我因爲婚姻的不如意跑回娘家，祖母也在，她看到「小青蛙」，又睜著期待郊遊的眼眸，我便載她去大學的湖邊散步。

「他怎麼沒跟妳來？他人好耶。」一聽祖母問到我丈夫，我的眼眶就紅了，我不忍心告訴祖母婚姻中的傷心事。

「阿嬤，妳還記得阿公嗎？阿公對妳好嗎？」

「他很兇哦，祝壞性地，不過……」祖母又笑滿懷的說：「他都是對妳兇完，才一會兒又叫妳了。」我看著祖母輪廓清秀的容顏，想像著阿公懂得疼愛她的憨眞。

「都是我不好，不該捧冷開水給他喝，害他肝熱仔轉寒。」祖母對阿公的愧咎銘記一生。

我與祖母都沒有幸福的婚姻命，祖母在她最美麗的年紀與夫婿生死訣別，而我六年的婚姻也以分手收場，都令人不勝欷歔，不知道這是不是我更疼惜祖母的緣由？

我想起童稚年代，那個用蔥頭綁成鍵子來踢的戲鬧中午，那個一手牽著孩子，背上揹著小娃娃的陌生少婦陡然出現在庭院，祖母驚喜的拉著她的手，告訴我要叫：「姑姑！」年幼的我一點也不懷疑，因爲她長得和大姑姑像同個模子印的，然而祖母卻叮囑我這是秘密。懂事以後我才瞭解那是一出生就被送去當養女的小姑姑，那背後有辛酸的故事，不知道分別三十多年後，祖母若見到自己的么女，會不會也問她：「妳是誰呀？」也許選擇遺忘對祖母是好的吧，人世間沒有什麼好怨的，一切都隨花開花落吧。

春天，陪祖母走在家鄉花串嫩黃的阿勃勒樹下，我彷彿看見當年祖母鬢上戴著大紅的朱槿花，一路快步走來，笑意滿懷，我笑著迎向前去幫她把花戴好。我記起在美國上英文寫作課時，我寫了關於祖母的生活記事，美籍老師讀了很感動，她問我祖母的名字，我說：「來春，Spring coming！」灰髮碧眼的老師連連說好美！好美！是呀，我以前也沒注意到，祖母的閨名英譯這麼美。回憶往事，我禁不住牽緊祖母枯瘦的手，在樹下漫漫走著，那些伴著祖母開懷笑聲的往事一剎那間又活現了……。

在山水橋上看著鯉魚悠游，祖母突然率眞的問我：「這些魚祝水耶，菜市場沒看見在賣，這可以吃嗎？」

阿勃勒嫩黃的花串掉落在祖母頭上，我輕輕用手幫她拍落，然後把瘦小的祖母輕輕抱著，那感覺就像把春天的陽光擁在懷裡一樣，整個人都洋溢著童稚的幸福。

——二〇〇二年七月十日

我在不寬敞的瀑間幫她脫衣洗浴，
從頭髮開始輕柔的洗，
像小時候她輕柔的替我搧風一樣；
再輕柔的洗身體、手和腳，
我洗的很慢，
因為她的皮膚軟軟皺皺的，
我怕不小心把它洗痛了，
就像擔心過度成熟的水果，
隨時會從樹頭掉落下來那般。

故鄉的山丘

童幼時候住在新化邊緣的小農村，稚樨的我每當跟著牽著牛隻的母親，走過蔗田和蕉園，小小年紀的我對田園最大的好奇，就是田壟盡頭的山丘，我經常眼睛盯著山丘，心中鼓滿疑惑，問著母親：

「媽媽，從這裡走到那邊的山到底要幾天啊？」母親總是笑著不回答，默默趕著牛隻。

有時候我和哥哥經過田裡，便問他走到山裡需要幾天？年長我四歲的哥哥煞有介事的告訴我：三天！三天？聽起來似乎不遠，六、七歲的我頭也不回的向山裡走去，哎哎哎，傻小孩，哥哥拎著我的衣領，把我從土豆田拖回家。那一趟童年的冒險，當然也就無疾而終了。

長大以後我認識野花野草，也開始去了解丘陵地的生態、闊葉林區的動植物。

我終於明白，山的定義可分爲郊山、中級山、高山。

「郊山」一般指的是高度在一千五百公尺以下，離市區較近，可以在一天內往返者，例如台北的觀音山、高雄的柴山、新竹的五指山等。「中級山」是指一千至三千公尺雲霧瀰漫的山區，這個高度剛好是雲層的高度，雲霧繚繞、常下雨、荊棘叢生、人跡罕至，林相較複雜，路況較不明確，像新竹的加里山。

「高山」一般指的是三千公尺以上的山區，在台灣有二百多座，山峰高聳陡峭，山區的氣候變化很大，冬季會飄雪，如玉山、大壩尖山等。

故鄉附近的玉峰山也是郊山，啊，真安慰從地理資料中找到屬於她的位置，她是有所屬、可以歸位的，不是毫無身份的無名土堆，也是和新化丘陵這麼重要的土地同脈絡的。

童幼時心中巨大的故鄉的「山」，只不過是嘉南平原上一壟凸起的山丘，叫她「丘陵地」比較適切。然而，走遍台灣從海洋到山巓，卻沒有一座山比童年故鄉的山丘更神聖了。

——二〇〇六年二月二日

農夫的女兒

虎林街的傳統市場是我日常漫遊的地方，時常走去買一把時鮮的青菜或一袋水果。她是那麼充滿著活力，每個小攤位是一則生命力昂揚的家庭故事。

路口有一位住在山裡的阿伯，他的水果都是自家樹上採下的，他那黝黑和藹的臉龐是他的品質保證，我想他應該在攤位前寫著：「我家果樹上採的水果，今晨剛熟透的。」那會多吸引人啊。

有一位賣菜的淑女，她如果和你混熟了，她會告訴你她家有好幾個吃素的人，婆婆、大嫂都是吃草的，所以她家的菜是最天然的，她是最有氣質的賣菜婦，每個客人都喜歡她乾乾淨淨的菜，和和和氣氣的笑顏，一走近她的攤位就會感受到她一家人的好客。

賣花的婆婆雖然臉受過燙傷，卻是最開朗的賣花婆，我們和她混熟了，總是叫她「美女」，她說：「心地美最重要。」遇見上班族要買花束，她就會拉著我們的手，請我們幫她搭配，她給我們最大的自由，任我們在花店玩耍。因爲總是和她勾肩搭背，從背後看，眞像孫女逗阿嬤，溫馨無限。

黃昏，傳統市場變身爲黃昏市場，近則市郊遠至澎湖的山產海貨都有，最近市場多了許多上班族模樣的臨時攤販在市場裡賣蔬果，一車的柑橘或香瓜。老農的菜販也變多了，竹籃裡的菜不多、賣相也不佳，有時候，我會不自覺的多買了好幾把青菜，尤其是中午時，這裡有太多從郊外來的菜農，面對一個個沾著泥香的老人家，我眞是不忍心看見到了正午吃飯時間，他們的菜攤仍是滿滿的，有時三把龍葵才賣五十元，龍葵總讓我想起小時候住在山上的日子，那些在田裡採龍葵的童年時光。

我能自稱是農夫的女兒嗎？父親身分證上的身份一直是自耕農，他和母親務農的本事是優秀的，記憶中香蕉園的香蕉是肥大飽滿外銷到日本，小時候我跟著父母親去香蕉園除草，沒有灑農藥的香蕉園地面都是馬陸，我還沒除到草已經嚇得蹲在香蕉莖上發抖了；跟著阿嬤在前埕曬蕃薯簽、撿花生；跟著嬸嬸去田裡偷過糖廠小火車的白甘蔗，可惜力氣小偷不著，小火車就開走了；跟著姊姊去田裡採黑甜仔菜的歡鬧記憶。

「買菜嗎，小姐？」阿婆級的老農婦向我招呼。

我停下腳步蹲下來，捧著黑甜仔菜聞著那獨特的草葉香。

「小姐，一把二十元，買幾把？」阿婆農婦問。

我看著她臉上深刻的皺紋，把籃子的黑甜仔菜全買了。我想有過鄉下經驗的人走進傳統市場，都會有我這樣的心情吧？一個農夫的女兒，對菜農會有的疼惜鄉情。

——二〇〇五年三月一日

傳統市場是我日常漫遊的地方，
時常走去買一把時鮮的青菜
或一袋水果。
她是那麼充滿著活力，
每個小攤位是一則生命力昂陽的家庭故事。

白鷺鷥有個勤快的朋友

農夫是最勤奮的族類，這一點，我想連牛背上的白鷺鷥也會同意。水田和旱田裡有他們彎腰作穡的形跡，實不足爲奇，連河床上一小塊土地，也有他們種作的成績。一九八七年，大肚溪口河床上，種著花生、西瓜、玉米和蔬菜，我經常經過中彰大橋，在視覺上，橋下是豐饒的象徵。等我走過石頭小路、垃圾棄置場，去親近那片油綠，卻發現靠近河口的花生田，經過強勁且帶著鹽分的海風吹襲，整區田呈現枯焦一片。

農夫是一項古老的行業，自新石器時代即已有之。在低窪地、沼澤地，或是陂塘、湖泊、河道邊旁灘地……等等，用修築堤岸的辦法，把地圍起來，闢爲農田，這就是「圩田」。農夫們利用湖畔或江邊的河灘地，加以墾殖種作。這其實是相當冒險的，說穿了是在和老天在賭，賭贏的話，搶在枯水季節，種植一季莊稼，趕在雨期到來以前收成。

古人擔過風險的冒險種作，似乎又在八十年代的台灣彰化重現。靠近大肚溪河口，枯焦的花生田鄰近，一窪窪的魚塭相繼出現，顯然的，愈靠近出海口，地的鹽分愈高，愈不適合種作，只好挖起魚塭養魚了。一位魚塭的主人告訴我，他的家鄉在雲林縣，他說：「在家鄉買一塊塭仔地，需要一、二百萬，在這裡便宜多了，只要一、二十萬。」他只要向農會貸款買魚、蝦苗，準備「拚」一場。順利的話，在枯水期，十、十一月開始養，第二年汛水期之前，四月時就可以收穫。他沒有告訴我，「拚一場」可以賺多少？我猜想是七位數，他說：「那時候回家鄉，大概買得起塭仔地囉！」萬一大水來了呢？我不敢問他。但是比起在家鄉，這裡的損失就顯得輕微許多，萬一眞碰上，就只能算「命歹」了。

古時候，利用低窪地種作的風險，演變出圍墾技術的改進，圩田就在農夫和洪澇的抗爭中逐漸發展起來。單純的土地利用演變爲積極的改造開發，乃至創造「與水爭田」的奇蹟。橫截數十里的長堤，洩去湖水，讓湖底地變爲田地，這些土地，曾有水生動植物滋長，腐爛在土中，因此土壤高度肥沃。但是這其實是「盜湖爲田」，結果使得水面縮小，水利也被破壞，導致發生水災，使具有蓄水防洪效果的湖泊，喪失了根本作用。

一九八八年，大肚溪河口的風勢很大，常常來這裡，卻難得再碰見魚塭的主人，只看見魚塭旁簡陋的工寮，新放了一台舊型的收音機和一床棉被。魚塭的水車整日運作，發出轟隆的聲響，混和在強勢的風聲中。和這裡的地圍熟悉之後，我不得不去想抽水聲背後的問題，在公有河床地挖了魚塭之後，必須請「怪手」整地，必須抽地下水……。我知道等一個一個魚塭陸續進駐之後，這裡也「必須」地層下陷了，附近的生態也「必須」被破壞，高屏沿海已經暴露出這個惡果。

大肚溪河口的風勢強勁依舊，我每每在此思索許多問題，最爲感傷。我知道魚塭的主人，也在冒一個風險，公有河床隨時有被收回的可能。但是，魚塭的主人是否也瞭解偷挖魚塭，造成的嚴重後果？他是否也關心地層下陷和生態被破壞的問題？我無法和他談得如此深入，他已五十多歲，滿臉的皺紋還可以辨認出勤奮的痕跡。我經過工寮時，也仍然會記得，在強勢海風中，日日夜夜守著魚塭，並不是一件輕鬆差事。

或許，我應該譴責消費者導向吧，爲什麼海產店要如此蓬勃？消費海鮮的人口要如此遽增？當工業昂揚站立在農業的面前，物質消費品侵入農村，那些原本，據他們自己的形容：「只會憨憨作穡」的農夫，漸漸拋下種稻的傳統，也做起魚塭的主人。種稻和養蝦的利潤，根據調查分析，相差二十二倍，養蝦得到壓倒性的勝利，種稻居於極弱勢。

我走出大肚溪河口。垃圾棄置場有一大群白鷺鷥，正在啄食飛舞在垃圾之上的蒼蠅，焚燒垃圾的白煙尚未完全散去。並不是所有的白鷺鷥，都在垃圾場啄食蒼蠅，有些仍守候在牛腳邊。遠遠的河床田上，一位戴斗笠的農婦正在耕作，白鷺鷥忽然在牛腳邊跳來跳去，我望著農婦揮鋤的身影，很想知道，白鷺鷥知不知道牠有個勤奮的朋友？

——一九八九年七月

卷二

城市草札

我們散步去

把散步放進如實生活當中，枯躁的日子就變成了流金歲月。

多年前，從中部的恬適環境移棲高雄時，有一年的漫長時間，我是處在環境適應不良的焦慮狀態。整個高雄市，被重重圍圍重工業緊勒咽喉，往北是楠梓工業區，往南是林園工業區，東走是大發工業區，西走是水泥工業區，空氣中常年飄散懸浮物，高平均值的二氧化硫含量日日腐蝕高雄人的胸膛，住久了，我逐漸瞭解環保人士形容高雄人的名言：「實驗室的白老鼠」，而自己逐日有了實驗鼠的悲慘的心境：焦慮、恐慌、不安，每日在高雄城醒來的早晨，竟是眉頭緊鎖的鬱悶，姑且說它是「城市症候群」的症頭，無藥可治。

之後，我開始強烈的懷念故鄉新化丘陵的山巒，那些我童年期的記憶時常回到夢裡，牛車、山丘、甘蔗田、香蕉園、土豆田、芒果樹。我知道自己戀慕故鄉的山丘，實則是現代人渴求荒野綠地的心理投影，我們都是城市裡嚴重缺氧的蒼白人類。

後來，我開始爬柴山，柴山的出現，爲我鬱結的城市生活打開一扇豐美的門窗，我在這兒重整自己與自然的相處態度，重新思考人與自然的關係，開始了在自然裡修行的日子。心境彷彿被森林的芬多精洗浴了，逐漸回復到童幼時期，單純知足。

然後，每天黃昏，我恢復了在台中念大學時的散步習慣，找一處有樹的公園或者只是有高大行道樹的路，以一片單純安靜的心情，散步去！

在一片綠意中散步，使人思慮澄澈，焦灼煩亂的心境化爲自在輕安，心境處在寧靜中，看待萬事萬物、處理萬事萬物、處理城市生活，便不再那麼滯悶，綠意爲心靈開展一片盎然生機。

散步是我對付「城市症候群」的秘密武器，這個簡單的動作蘊含著無限可能；你可能在散步中產生創作靈感，你可能藉散步消磨掉一天的怨氣，你可能發現行道樹的果實或種子，你可能在散步中打通僵化一天的經脈，你可能在散步中看見美麗的街景……。

台灣最美的行道樹在台南市東豐路，不是因為網路如此流傳，而是家在東豐路，那是陪我三十多年一條溫馨成長的路。

淡淡的三月天，台北人上山賞杜鵑，台南人則在東豐路賞木棉，東豐路三排行道樹春意正濃，中央的小葉欖仁抽著新芽而兩邊的木棉花正怒放，火紅的木棉花像在燃燒著熱情，樹下的落花大如手掌，撿起來放在掌中端詳，落花雖凋卻似火焰般紅艷，感覺像把春天握在掌中，府城往昔有鳳凰城的美號是因為城市曾遍植鳳凰木行道樹，三十多年前卻為了道路拓寬被砍伐殆盡，那時我還年幼對鳳凰木的記憶是模糊的，也無從體會鳳凰城的美號，直到這幾年東豐路木棉花的美燃燒了我對鳳凰城的追憶，每回散步在東豐路賞木棉，遇見絡繹不絕的居民扶老攜幼帶著相機來賞花，有媽媽和小女孩蹲下來撿掉落的木棉，有上班族架起腳架拍花景，有白髮老伯站在樹下留影……。

是火紅，一片火紅的花海，樹枝頭是火紅，落了滿地仍是火紅，那熱情未曾稍減。樹下總有人在撿落花，落到地面後仍然火紅，好像在枝頭的熱情燃燒得不通透，掉落了還要燒成片。

而一行禪師則提出「步行禪」的修行法門：透過腳和大地的接觸與覺知，把安詳帶給大地，並讓步行時拂面的微風，滌淨步行者的身心，在步行中做呼吸的觀照——吸氣，萬緣放下；吐氣，會心微笑。吸氣，活在當下；吐氣，清淨自在。

原來散步也是一種修行！是呀！修行是時時刻刻、分分秒秒在我們心靈中進行著，不是嗎？之後，我便在散步中時常做著感恩大地的觀照，怎能不感恩呢？大地無不覆蓋、無不覆藏，當我們踩在大地的背脊之上，它可從來不喊痛喊累，而我們卻是在大地上行走的疲憊旅人。

走，我們找一片樹林散步去，當風吹過樹梢，我們靜聽那群樹在風中的歌唱。

——原作一九九六年一月，二〇〇六年二月潤稿

是火紅，
一片火紅的花海，
樹枝頭是火紅，
落了滿地仍是火紅，
那熱情未曾稍減。
樹下總有人在撿落花，
落到地面後仍然火紅，
好像在枝頭的熱情燃燒得不通透，
掉落了還要燒成片。

發現荒地

啊，荒地

那塊荒地夾擠在小鎮的樓房間，面積大約有一分多，原來是河溝壟土，他的外公多年前塡土造地，幾年之後拓荒植物進駐了，像構樹、血桐、白花鬼針草等，他的父親曾在荒地上種了一棵椰子樹，如今已是荒地上挺出的巨大綠意，園藝植物蔓綠絨和合果芋應是意外入侵的吧，現在卻是優勢植物，團團包圍住椰樹，蔓綠絨更野放的攀上椰樹，斗大的葉片衍出熱帶風味，令人注目。

外公過世後，荒地由舅舅繼承，舅舅居住在另一個城市，曾經荒地閒置了許多年，沒有人管它，直到附近的居民闖入荒園種菜，舅舅才開始緊張起來，深怕地被人強佔，於是央求他母親去種作，拓墾這塊小鎮上的荒園。從此，常常見到老夫婦倆清早扛著鋤頭去荒園種作，才幾天的功夫，荒園就變成菜園了。

然而椰樹、蔓綠絨、合果芋卻因爲顯耀的綠色生命力被保留下來，整個菜園的入口也因爲這一片蔥綠而稍稍流露一點「荒」意，散發出迷人氣息。清早從合果芋蔓生的小徑走過，褲管上沾滿露珠，令人有說不出的怡然。

久居城市的人，對荒地總有著深沉的幻想，光是想起那泥土味，心靈就柔軟起來了。

綠色童年

牽著兩歲的小女孩去菜園荒地散步，對大人來說這裡是菜園，對小女生來說這裡是冒險樂土。小女生抬頭看看椰樹，「哇啊——」這是她一貫表示驚歎的語法，對她來說，椰樹大概來自巨人國吧。小女生在菜園裡忙碌地走動，看看絲瓜、摸摸南瓜等，鑽到菜豆架底下，蹲下來觀察白茄，這裡是她的童話王國，或許她在想爬上絲瓜棚跳舞多好，南瓜馬車會不會出現？從她晶亮無邪的眼睛裡，我彷彿看見豐富的想像，她觀察著菜園，我觀察著她。

「哇啊——咬咬」小女生蹲在皇帝豆架旁發出驚歎，我趨前一看，她竟發現了一隻小瓢蟲，我也蹲了下來，和小女生一起上自然課，這對她是很重要的，我希望她從自然中學習尊重生命，也不管她懂不懂，嘰哩呱啦對她說一大堆，「瓢蟲好可愛哦，牠出門要去找朋友，牠的朋友住在好遠的地方，所以牠一邊走一邊曬太陽，曬太陽，還唱歌哪，瓢蟲是好朋友，不能打牠唷！」小女生瞪大眼睛津津有味看著瓢蟲慢吞吞走進南瓜葉叢裡。

童年在「草地」度過是幸福的，草地有豐富的農村文化和田園景色，生活中充滿果樹和動物，可以在芝麻採收的田裡捉蟋蟀，在果園裡灌土蝠，跟著姊妹到田野間摘黑甜仔菜，在葡萄棚下打瞌睡。草地的童年回憶是甜的，像樹上熟透而足水的香蕉散發芳香，我常覺得我的生命當中，最飽滿愉悅的日子就是童年，它是綠色的，充滿生命力。

小女生又在種白菜的土攏旁，發現一隻螞蟻，她興奮地叫著，蘋果紅的臉頰在陽光下笑開了，我想她是一個幸運的孩子，她也將擁有一個綠色的童年，而這是大人所能給她最寶貴的人生禮物。

連一棵樹也不放棄

他和母親起了嚴重衝突，爲了一棵構樹。

那棵構樹就長在菜園中間，在荒地閒置的日子裡，是它生命張力最旺盛的時期，它葉茂枝繁的生長，努力繁衍它的族群，荒地裡總共有四棵構樹，怒張的綠意引人印象深刻。現在荒地拓墾成菜園，它聳立園中，阻礙了小徑。

「這是骯髒樹仔，要砍掉！」婦人說，對構樹不以爲然。

婦人年輕時曾是農家女，勤墾的農人最愛開山闢土，把荒地變成果園或菜園，一旦種上果樹或菜蔬，荒野就消失了，而若是土地廢耕一段時日，拓荒植物進駐，荒野又會回來，農人和荒野的角力不斷在我們的土地上演。

「樹是有生命的，它又不妨礙妳，爲什麼要砍掉？」他說，堅持擁護構樹的生存權。

他是個生態保育運動者，近幾年來大力提倡保存城市邊緣的荒野，我想他若是護衛構樹不成，定會引以爲憾吧，他說如果連身邊的小樹都保護不了，還談什麼保存城鄉的荒野呢？

他激切的態度，保存了構樹的生命權，然而最後婦人仍砍去構樹的枝椏。

在菜園中，遠遠看去，構樹孤挺站立，昔日繁盛的綠意消失於一瞬，現在它光禿的樹幹，最適合紅尾伯勞鳥棲息了，高高的樹幹有覓食捕蟲的極佳視野，他這樣自我解嘲。

——一九九四年一月三十日

久居城市的人，
對荒地總有著深沉的幻想，
光是想起那泥土味，
心靈就柔軟起來了。

羅望子的酸甜季節

珠頸斑鳩揮動著翅膀默默從羅望子翠綠的樹梢飛過，陽光穿透枝椏，濃密的羽狀複葉柔暖垂下，樹腰桿挺直的站立著，向右看齊似的。

每次回家鄉台南，我依然循著記憶中的綠色步道，環繞成功大學周圍的路散步，欣賞每條路上的行道樹之美，大學路的羅望子與小葉欖仁、勝利路的菩提樹和羅望子，東豐路的阿勃勒是這些年增添的。七〇年代當我帶著小學作業簿，穿過東豐路低矮的鐵皮屋走到成功湖看一整群的白頭翁嬉戲，想不到它日後的行道樹會成爲最美麗的街景，吸引電視劇到此拍攝。

我一生當中最青澀的少女時代，離不開成大，成大榕園那兩棵老榕與旁邊的小榕，有我小學時代爬上樹，坐在樹上念書的童趣記憶，老榕巨大的氣根就像你在宮崎駿的卡通「龍貓」看過的感覺。而勝利路的羅望子，我總是騎著單車飛馳而過，仰著頭看它，覺得這樹有高不可攀的神秘，但走到樹下發現掉落地面的果莢，像伸長而扁平的花生，卻覺得那麼有趣，直到有一天，看見一個男人站在腳踏車上採果莢，那景象逗趣可笑，我才發現它的果莢可以食用，打開咖啡色果莢湊近鼻子，就聞到地瓜般的香味，嚐嚐看味道像天然的蜜餞，酸又甘甜，有時採到還未熟透的果莢，那股酸勁可以叫你滿地掉牙。

念高職時，在校園裡鳳凰木旁邊發現羅望子，它不像大學路上的那麼高不可攀，就在二樓教室外伸手可及，真是讓人興奮。羅望子果實漸漸成熟，一下課就有一堆女生圍著樹旁，採著它的果莢，那時候還不知道樹名，「掛在樹上的花生」、「酸果樹」，女孩們七嘴八舌的幫樹取名字，我把玩著果莢，覺得它像「頑童的舌頭」。鳳凰木火焰般的紅花瓣無聲無息隨風飄落，無人在意，羅望子的果莢一掉落，馬上引起女孩子們一陣聒噪，似乎台灣孩子和樹的熟悉是從果實開始。

偶爾上課時，我彷彿聽見羅望子果莢輕輕掉落地面的聲音，鳳凰花的火紅與羅望子葉子的翠綠，所形成的對比色彩，不時引起我的分心。

後來我的初戀是在羅望子樹下展開，情人黝黑的臉孔和羅望子葉子的翠綠，調配出黑與綠的夢影，似乎最後一次見到初戀情人也在羅望子樹下，那時白頭翁還三三兩兩在樹上嬉戲，沒有人預知那是離別的開始，我還撿了一把羅望子的果莢送他。

長大之後懂得分辨本土樹種與外來樹種，知道羅望子原產地是印度和南美洲，在泰國、巴里島，羅望子汁還是烹調的調味料，泰國婦女會用羅望子來清洗皮膚，因爲羅望子含有天然的酒石酸，能輕柔地去除死皮細胞。在菲律賓的羅望子葉子，則被當成香料塞進烤乳豬的肚子裡，眞像台灣人用茄苳葉悶烤雞般，假如羅望子在台灣土地上存活夠久的時間，它會不會也淪爲烹調佳料？台北信義區的百貨公司把它當蜜餞乾貨賣，我想那應該是WTO之後來自泰國的。這些一點也不影響我對羅望子的喜愛，它總是帶著童趣和青澀初戀的記憶，人生命中總會有幾棵最早相識的樹，譬如童年時代的木棉花，而陪伴我少女時代成長的樹，就是鳳凰木和羅望子。

翻開東寧社區報，它預告著五月羅望子嫩綠的美麗，社區報關心社區樹的成長，那是一種文化優雅的感覺，我感到安慰，因爲它報導的是一棵樹的美麗，而不是一種樹葉的烹調方法。

黃昏我和大學同學在羅望子樹下散步，菩提樹在對街，在緬甸和印度都被視爲神聖象徵的菩提樹，我注意到的是它隨季節而換葉，而羅望子是常年綠的喬木，所以它總在印象裡泛著青綠色，就像青澀的少女時代。我撿了一棵果莢給一同散步的大學老同學，她撥開果莢嚐了一口說：「味道好酸喔，但是樣子好可愛，下次要帶我女兒來撿。」不知道羅望子的童趣和青澀還會在樹下流傳多久？而羅望子翠綠的羽狀複葉在微風中起舞，一隻珠頸斑鳩拖曳著翅膀靜靜停棲在枝頭。

——二〇〇四年三月七日

情人黝黑的臉孔和羅望子葉子的翠綠，
調配出黑與綠的夢影，
似乎最後一次見到初戀情人也在羅望子樹下，
那時白頭翁還三三兩兩在樹上嬉戲，
沒有人預知那是離別的開始。

城市草札

我發現自己一直在城市中，維持淡薄的草地囝仔的心境，清晨在台北信義區的住宅群落中尋找野地，那是一種極其有趣的感覺，一個像村姑，一個像城市化的熟女。城鄉的對應，新舊的參差，又帶著被時代往前推的失序感，然而尋找野地的心境，爲生活帶來新趣。

在住宅群落中的野地是不確定的，因爲信義區寸地寸金，有泥土的畸零地，很快便被塡上水泥，蓋上可供獲利的建築物。這些奮力生長的草本，是野地的拓荒植物，雖是短命的野生物，卻爲城市深化的建築留一個喘氣的窗口，我想把這村姑和塗抹著華豔胭脂的城市女人的模樣，用文字攝影機描繪下來，向這些植物朋友致意，即使有些景像如今已不復存在。

興雅國中旁的畸零野地，大花咸豐草是優勢植物，亞力山大會館旁的野地亦然，有城市農夫來開墾種菜了，大花咸豐草拚命到處長，連垃圾堆上也有它的芳蹤，覆蓋了三分之二，那模樣眞像客人來時急著把客廳的雜物往桌子底下塞的窘況。紋白蝶飛舞在南瓜叢上，菜園裡有些蔥，有些野莧，有些芋頭，有些蒜，遠看蒜莖上還落了幾片落葉，對不起，那不是落葉，那就是紋白蝶的把戲，當牠停棲下來時對你開的玩笑。葎草和朝顏、百香果正形成一道綠籬。姬牽牛也有紫色的嗎？在朝顏的紫花旁邊，比對它們的葉形，我仍持保留態度。楓香樹的嫩葉像畫了腮紅的美眉，走過樹下時可別看傻了眼。

太陽昇起於兩棟大廈旁，維也納廣場和亞太會館之間，有一塊小野地，白茅、大花咸豐草點綴了它，天堂鳥在小斜坡撐起了橘色頭冠，粉色的秋海棠，黃槐樹上有白頭翁在喊著要「巧克力」。

行過世貿二館、金融大樓，旁邊菜園裡紋白蝶飛舞，南瓜集叢生長，建國工程的外勞七點鐘就準備上工了。亞太會館的建築，市立工農的第倫桃佇立、常春藤攀爬，中強公園沿山壁的步道，五色鳥正提醒你，你已靠近野地，再走近一些吧。

走向新光三越的路上，終年保持立正敬禮姿勢的大王椰子樹，在春天長出嫩葉，正中樹頂紅心，很像染了頭髮的頭上新長出一綴白髮般，當妳走過一排大王椰子樹時，會不期然想起電影「戰地情人」中的畫面：「向兩點鐘方向的美女立正敬禮！禮畢！」然後得快速通過，以免自己和椰子樹都笑場了。

黃花馬纓丹在商業大樓後院搶盡鋒頭，黃色是天然的女主角，這一點，橘色馬纓丹沒得論評。

世貿二館前的野地，路燈是戴著燙髮器的，那是小姪女的形容：「路燈在燙頭髮。」是呀，它們總是晚上燙頭髮。

亞力山大俱樂部前種了十棵高矮不一的香蕉樹，遠遠看它們，好像舞動的鄉愁。

黃槐樹上的台灣鶺鴒「救急」叫著，牠在急什麼？我像一棵慢慢移動的樹般從樹下走過，沒有驚動牠。是牠忙著救急，還是我的偽裝術成功？不得而知。但我練就的樹木偽裝走路法對白頭翁也挺管用，白頭翁沒理會我這棵移動的樹。

群益金融大樓後院移來二十棵木棉樹，令人期待一個有木棉花絮飄散的未來，那景象在五月的國父紀念館前的紅磚道上也時有所遇。

這是假日的清晨七點，路上行人稀少，信義區的住宅還睡著，那些美麗的庭園卻已醒了，欣賞這些精緻的庭園和夾擠在建築物中的野地，其實是兩樣心情，一個新一個卻是舊，它們互相推擠著我的視野，有時我在想，如果沒有這些在夾縫中奮力生長的野生生命，城市生活將會多麼乏味呀！

那些股票跌落心情的城市人，懂不懂得在股市休了時，走到戶外，看看野地上的大花咸豐草，或是看看牽牛花？這些野地，在住宅群落中苟喘殘留，卻保持著旺盛的生命力，爲鬱鬱不樂的城市人的心情解套，你看見它了嗎？

把視野縮小，台北在一片綠海中，去找一排樹，楓香也好，烏桕也好，茄苳也好，在樹下站著，只是靜靜站著，感受那翠綠色的洗滌，你需要站久一點的時間，直到感覺到顏色像光一樣充塞心田，像種花一般在心上播下春天的種子，那麼來年春夏時，這些顏色就會不期然的和你重逢，像蒟蒻在春雨後冒出地面讓你驚喜一般。你永遠無法確知它是何時到來，是一步步慢慢走來，或者是突然從天而降？不知不覺就將你淹沒了。

在城市中，我仍然保持淡薄的尋找野地的心境，走在城市住宅群落中，那綠海不斷不斷襲來。彎下身來看昭和草的花像棉絮般飛著，它正善用風的援助，傳播延續生命，不放棄任何生機。

——二〇〇四年八月十九日

把視野縮小，
台北在一片綠海中，
去找一排樹，
楓香也好，
茄苳也好，
在樹下站著，
只是靜靜站著，
感受那翠綠色的洗滌。

穿過麻竹林底層

童年被鄉野餵養長大的人，一輩子都不會輕易忘記白茅草和天空，烏鶖和牛隻的嬉戲，不會忘記綠色和鳥聲。

現今我們大部分居住在城市，尋找一片有綠色植被披覆的土地，帶有一些野的氣息，時常可以在那兒沉浸一個下午，甚至整日，是一件必須的事。如果把記憶中曾經繁茂的蔗田、番麥田、蕃薯田、樹薯田、土豆田、芝麻仔田、香蕉園、龍眼樹、芒果樹、楊桃樹、芭樂樹、柳丁樹、棗樹、柚子樹、檳榔樹、黃槿、木棉、破布子、銀合歡、月桃、馬齒莧、野莧、紫花藿香薊、藿香薊、生毛將軍、紫花長穗木、龍葵、金午時花、槭葉牽牛、雞屎藤、酢醬草、含羞草、昭和草、咸豐草、兩耳草，排列成隊，大約可以築成一條壯觀的綠色長城，在陽光下閃動亮光。

農鄉與野地怎麼和諧依存？農人在野地裡賣力拓墾，野放的生命在農田隙地奮力求生，通常人類是蠻橫的，只想把土地變成金錢，央求農人欣賞野花野草，是會被取笑的。但是農人的孩子卻不同，可能在被吩咐採摘烏甜仔菜時，發現紫花藿香薊的美麗花序，而彎下腰來欣賞春天，這時一隻褐頭鷦鶯飛掠番麥田，在他心上留下一瞬鳥影，或許農人的孩子長大以後，將成爲觀鳥族，那是因爲農人父親給他一個綠色環境，他熟悉了自然，便創造了自己獨一無二的綠色童年。終有一天，他的視野不僅止於蔗田或番麥田吧，他也許從認識四月開花的苦楝樹起頭，然後選擇自己自然觀察的樣區，變成一位鳥人，一位自然觀察者，一位綠人，或一位自然主義者。綠色童年是我們與荒野中間的緩衝地帶，從這個緩衝地帶，我們嗅聞到山素英和鳥柑仔的氣息，而充滿驚喜。

一九九一年，我曾租屋在高雄前鎮區草衙，那是個勞工密集的城市，貨櫃車之鄉，綠樹貧乏，那陣子看不到樹林和山影的日子，我的脾氣火爆得像六月火燒埔。有一天，我驚覺夏天到了，卻連一聲蟬鳴也聽不到，從來不知道蟬聲這麼重要，一旦失去，才會感覺恐慌，沒有蟬聲的夏天能算夏天嗎？那時，三兩天我便有出門去田野的欲望，我又開始尋找童年的綠色長城。

有一天，我驚覺夏天到了，
卻連一聲蟬鳴也聽不到，
從來不知道蟬聲這麼重要，
一旦失去，
才會感覺恐慌，
沒有蟬聲的夏天能算夏天嗎？

後來我用僅有的一點錢，在中部買了一間便宜的公寓，房子就在山腳下，從廚房、臥房、書房、都可以看到一脈低海拔的山巒和一片麻竹林，沒有建築物的遮擋，開窗見綠，那廣闊的綠，好像用手可以撈到般近，我慶幸自己或許會過個「綠色中年」的生活。結果陰錯陽差，工作的差事使我無法在這裡安居，我只能利用每個月的假期，每次奔波三個小時的車程，回到這個綠草青青的家園，每當打開家的大窗，看到鬱綠的山，聽見風穿越麻竹林的窸窣聲，蠢蠢不安的心就安定下來，像雨水下到泥土一樣。我就在這兒野放自己，晨昏在麻竹林裡漫遊，觀察竹林底層的野生植物，記錄鳥類的活動，這將是一場豐美而無可替代的田野活動。

一九九四年四月初某日的黃昏，我正穿越這片麻竹林區，麻竹林區大約有十幾甲，每一株麻竹長有二、三公尺高，走在竹林底層，有一種走進森林的替代感。麻竹的種植很有秩序，二、三株一簇，簇與簇之間恰好是草本植物茁長的空間，竹林底層定期淹漫灌水，所以草本植物生長豐茂。一條散步的人群走出的小路，兩旁是紫花藿香薊的優勢社會，每株長到人的膝蓋高，稱得上是巨無霸，伴生植物有：紫花酢醬草、扛板歸、雷公根、菁芳草、龍船花、假吐金菊、昭和草，不單是紫花藿香薊長得肥美，伴生植物的植株也都長得壯碩，我想是植株吸收了竹林底層肥料的關係。四月是群樹換新葉的季節，不只是木本大樹在抽芽，草本植物也是葉色嫩綠，那種粉嫩顏色介於黃與綠之間，乍看黃中帶綠，綠中又帶黃色，顏色像剛洗過，帶著潔淨，光是看各形各色的新葉，就夠叫人陶醉了。

「救急——」、「救急——」一小群山紅頭飛抵，這群傢伙活潑好動，頭頂栗紅色，像戴紅帽子，我喜歡叫牠們「小紅帽」。「飛、飛、飛」金屬般響亮的叫聲，看見了，是一隻神氣的雄黑枕藍鶲，沒看到雌鳥，咦，怎麼落單了？這是交女朋友的季節啊！

走出麻竹林區有兩戶平房住家，住家前有一條乾涸的溪床，溪旁隔著水泥小路緊鄰麻竹林，據說從前沿著這條溪可以走到東勢鎮，可惜現在溪床變成住家的垃圾場，溪床現在是葎草的優勢社會，即使長在垃圾堆上，葎草的葉子仍是鮮亮的綠，毫不含糊。

我沿著小路走去，一路低頭觀察路旁的植物，這裡是山的腳下，這座被命名為「龍眼」的山，海拔有四百多公尺，我還沒有爬登過，因為山腳望去是農人開墾過的龍眼樹林，就不敢想像山裡會有野一點的生態景況。龍眼山底層的山壁是常見的構樹、血桐和野桐樹群，我注意到這一帶構樹開的是雌花，有人說雌雄異株的構樹，會選擇在土壤肥沃的地方長成女生樹，讓要當媽媽結果實的女生樹獲得充分營養，這種說法很耐人尋味，然而這一帶果然是「女生宿舍」。

一路觀察和辨識植物，不敢稍有喘息，怕有遺漏而錯過與新朋友結緣的機會，欣賞植物就像欣賞朋友。然而苦楝樹是絕對不會被遺漏的，四月正是她的花期，淡紫色透著芳香，從山壁彎著腰身垂掛路邊，我忍不住多看了幾眼，而一路走完麻竹林區，我總共發現七棵，她在開闊地可以長成高大的喬木，我打算夏天時再來看她，那時候會有蟬，苦楝樹正是蟬最喜歡住的家，在苦楝樹下聽蟬聲，把從前在草衙錯過的夏天重新活回來。

麻竹林區毗鄰的一處荒地，唯一的一條小徑，幾乎要被紫花藿香薊淹沒了，所幸時常有人走過，又重新劃出彎曲的曲線，曲線細又長，紫花藿香薊就沿著線兩旁擁生，它是今天記錄到最優勢的草本。很快地，我便發現這個想法是錯誤的，荒地上最優勢的草本，是我現在目不轉睛注視的草地上的「雪」，那其實不是雪，是白茅草，我禁不住屏住呼吸，一路走一路看，白茅草地仍在無限延伸，我一路走到底，發現它竟有二甲多的面積，中間隔成數大塊區域，在逆光中遠眺是一片雪白，難怪會予人雪的聯想，我來回不知走了幾次，眼睛就是無法移開，「數大就是美」的美法原來這麼精彩。我站立著，再也說不出什麼話，最後我五體投地匍匐在白茅草地旁，向山神頂禮。這樣絕美的景致當前，對大自然的創造力不止於讚歎，而是感恩。

我一直站在白茅草地前，直到黃昏過去，黑暗呑沒了廣闊的大地，呑沒了小小的我。

事後我翻閱當天的筆記本，繁複多樣的植物記錄，像童年記憶的綠色長城，向我呼嘯而來。

——一九九四年九月三十日

（按：一九九九年九二一地震後，與麻竹林相依的小公寓已不復存在，而麻竹林仍然在城市邊緣的土地上，繁衍著野生的小生命。）

最後我五體投地匍匐在白茅草地旁，
向山神頂禮。
這樣絕美的景致當前，
對大自然的創造力不止於讚歎，
而是感恩。

無愛情的寧靜感

1

聒噪的樹鵲在阿勃勒樹上跳躍，不理會一群白頭翁的嘻鬧。寧靜也是一種幸福，終於坐下來看草地上的麻雀啄食蟲子，看幾個孩子在遊戲場溜冰滑梯，小白狗在一旁吠叫。

你還在追逐愛情嗎？過了春天，愛情，連動物都嗤之一鼻。動物，只在春季求偶，而人類，一整個人生，都可以爲愛情而活。

清晨六、七點，我習慣走到樓下的公園散步，那時鴿子已經停棲在太陽能的路燈上頭，悠哉悠哉的模樣。

有一天，我掇了一把黑糯米去餵鴿子，我看著鴿子在地上啄著米粒，啊，牠們的嘴眞是特別的發達，灑落在地上的小小米粒，牠們可以啄得精準無比，動作又俐落，毫不拖泥帶水。

我腦中忽然閃過一個畫面，昨天看電視時，電影中男女主角擁吻的畫面，也是嘴部的大特寫。

我忽然想到楞嚴經上說：「感情和理性一樣多的，不飛升也不墜落，就生於人間，他的理性見明了聰慧，他的感情懷幽永篤長。感情多而理性少的，就流轉墜入橫生的畜生類。情重的就成爲有毛皮的群類，情輕的就成爲有羽翅的族類。」

如果人的嘴巴不善用它，只會用來談情說愛，最終也會墜落爲雀鴿禽羽類，嘴部特別發達，以此維生。

你覺得我太宗教？這是個新思維的世紀，宗教是絕望生活裡冒出的新芽。有點像長崎承受了那顆沉重的原子彈後，從深沉的地底竄出的銀杏根長出的新葉。

阿勃勒果莢落在我腳旁，我轉頭看鴿子，牠們還是「嘴」不停歇的啄著，啄著。

2

野地四月天，我爬上象山拍照，巴西鳶尾開花了，雪花白色的花瓣，像跳芭蕾的舞孃，頭戴高帽，拳起紫藍色的雙臂，搭著紅色的小背心，很精神的，滿山遍野，像秘密協商過的，預備齊，姊姊妹妹一起舞蹈。

我蹲下來拿著相機猛拍，遇見植物美女時，千萬莫遲疑，靠近她，和她講話。

哎，用眼睛，不是用油腔滑舌，去去去，你這隻咖啡色的金龜子，剛從拿鐵咖啡裡爬出，別來煩擾山中優雅的女郎們。

揮走巧克力金龜，我又蹲下來拍照，卡擦，卡擦，把野地最美的容顏，留在歷史中纏綿。

綠頭蒼蠅飛來了，牠也先向美麗的花致敬。嚇，現代社會流行美眉，昆蟲界也這麼媚俗嗎？還好，不一會兒，綠頭蒼蠅又飛到雞蛋花的葉背上，乘涼去了。

我拍下三隻綠頭蒼蠅吊在細枝上的傑作，眞俊啊，蒼蠅小哥。

我的鏡頭又定焦在巴西鳶尾花，那迷人的花色，鏡頭中的芭蕾舞劇，不停地有小蜜蜂來向花兒獻慇懃，有些貪著那甜美，乾脆賴著不走。

兩個歐巴桑站在我背後，我回頭看，她們一直微笑著，穿綠色運動服的歐巴桑說：

「這花眞美，這就是一日蘭，開一、二天就謝了。」

聽著她的話，我的快門按得更專注了，疼惜這些短壽的花仙子。

卡擦，卡擦，我心底有一個聲音裂開了。愛情也是這樣，也是這樣不會久留人間。

3

天母的兔子牙醫在我的牙床上鑿齒，發出像水泥匠鑿壁的聲音，診所牆上掛著敦煌壁畫，我想這個盡職的牙醫，上輩子是不是在敦煌洞窟鑿壁？

看完牙，我走在街道，耳朵還停在鑿壁的情境，嗚嗚嗚。

嗚了半天，我剛好看見那面爬著常春藤的牆，常春藤的葉子綠中滾一點紅邊，我聞著那葉子的氣息，呵，清涼啊。

在城市中尋找或保存自然的呼吸，算不算自然的生活？

很短，但是可以讓我保鮮很久，你以爲要開車到合歡山才能保鮮嗎？我都是在城市中設法的，那樣才不會讓自己提早枯萎。

到市場去買一把野薑花，妳就不會枯萎，以爲自己是花，爲世界粉妝。

如果妳是花，那些滄桑的歷練，啊，也像花瓣般迷人了，哪還有記憶的傷痕？樹都是把心事變成年輪的。

鄰居的婦人，洗頭時順便央求美髮師幫她剪去白髮，一根一根的剪，美髮師拒絕了。

「不能剪掉啊，白髮最美了，銀白色的，像雪。」她說。

我喜歡這種有見地的豪邁女子，便時常去和她抬槓，欣賞她在日本奮鬥求學二年，歷練出獨立的精神，我想不是日本的環境好教育佳，是台灣女子的聰慧發揮了潛能。

「男人的葬禮是女人的婚禮。」她用感性的語言勸婦人看開婚姻。

如果婦人受感動了，她又進一步爲婦人企劃：一個回憶的葬禮。

把和傷心往事的所有事事物物，一只戒指，一件短裙，一張車票，一片指甲，都送走或燒掉，很鄭重的和過去道別離。

我問她，人們通常怎麼做？她回答我說，有的人歡喜的從葬禮中新生，但也有的人，還跑回來向她哭訴：「把我的過去還給我！」

所以有些人的思考模式是向前走，有些人的思考模式是「倒退魯」，就像高山上的茶腹鳾，牠會依螺旋狀路線繞樹幹攀爬覓食，牠天生就是沿著樹幹，頭朝下倒退著走，台灣唯一。

在樹幹上倒退走，那必須腳爪強健。

如果你一直在回憶中翻滾青春，你也必須腳爪強健，你知道嗎？

4

我帶著小姪女出門，公車上就有人以為她是我的孩子，呵呵呵，有一個孩子是美妙的事啊，借來的也是這樣美妙，而且有趣。

我帶著她去公園的秘密基地，這是我們一起挑選的，那是用紅磚建的，半圓形，剛好可以容下一大一小。

我們躺著看月娘，在大廈中和樹影中的月娘，透著光亮。

小姪女在說故事，我聽著，那是一種享受，妳一定要常常聽孩子說故事。

她說，小魔女艾蜜莉的掃帚不見了，她很傷心。她去問貓頭鷹太太：「請問您有看見我的掃帚嗎？」貓頭鷹太太回答：「沒有啊，不過妳可以去問小兔子。」於是她去問小兔子，小兔子回答：「有啊，在公園的椅子上。」艾蜜莉去了，但是藍色的而不是黑色的，也沒有裂「鳳」。

小魚阿吉一放學就跑出去玩，他想：「我從來沒去過遠一點的地方，去一次好了。」於是阿吉去了。他來到了鯊魚「利牙齒」的家，卻不知道。他玩的正開心，突然鯊魚來了，他馬上躲在珊瑚後面，直到他去洗澡才偷偷跑回家。他再也「部」敢去了。

小時候，我最喜歡吃土芒果，聽媽媽說土童話，虎姑婆半夜啃著姊姊的骨頭。

「那很恐怖耶，不好聽。」小姪女說。

我們只好又讓艾蜜莉繼續找她的掃帚，月娘快下山了，艾蜜莉的掃帚，你在哪裡？

5

寧靜也是一種幸福，遺忘則是一種智慧。

我漸漸忘卻了，忘了蔓澤蘭是如何覆蓋森林，入侵全台的林區和生態。

我漸漸忘卻了，忘了那個人是如何覆蓋我的生活，入侵我卑微的生命。

我漸漸忘卻了，忘了有一位小女孩叫我舅媽，我抱著她去看一隻會說「哈囉」的九官鳥。忘了如何用一束花幫她打扮，坐在小金龜車上拍照。忘了牽著她的手去看菜園的小瓢蟲，那隻小瓢蟲摔了一跤。

人生總有恩怨情仇，在時間中漸漸化成蛹，成了一隻幼小的小灰蝶。記憶如飛掠而過的輕羽，你抓不住的。

女人的一生，有太多的歲月付給了愛情，從少女到爲人妻，從有家庭到回復單身，一直不安靜的過去，總來惱人。

就在這晨光中，去吧，去吧，不要再倒退走，像那隻高山上的茶腹鳾。

我應該記得春天的杜鵑花，或夏季成熟的瑪瑙珠嗎？

我應該尋訪難得一見的水晶蘭，或春雨過後才會冒出地面的巨花蒟蒻嗎？

在自然中，連一隻蒼蠅小弟也有牠可以遮蔭的樹葉。自然不捨棄任何一個小生命，你也不可以捨棄自己。

你還在追逐愛情嗎？我只想把握此刻的清明和平靜。

現在大地是一片寧靜，無愛情的寧靜感，你的心，現在就在這地球的一個小角落。

在晨光中，所有的花花草草都安靜了，你也安靜吧！

——二〇〇五年六月三十日

在自然中，
連一隻蒼蠅小弟也有牠可以遮蔭的樹葉。
自然不捨棄任何一個小生命，
你也不可以捨棄自己。

看見烏桕樹

社區公園圍繞著四十棵烏桕樹，在台北市信義區內，你能想像每天在樹下散步那種幸福嗎？

在高雄爬柴山時，烏桕樹是我們最喜歡去邂逅它的美麗樹種，因爲它的葉形獨特而優美，說到樹的葉形，很多人會推薦銀杏，喜歡去溪頭看銀杏，溪頭這些年又在原來的銀杏林旁邊，加種了幾處銀杏樹，你可以想像當新的銀杏林成型時，那種銀杏之美的壯觀。但是在平地，烏桕樹的葉形典雅，你絕對不能錯過。

烏桕葉，小小的菱形葉，有菱形葉的樹種並不多見，它的葉子在深秋會變紅橙，每到深秋爬柴山時，走到烏桕樹下，通常我們會駐足欣賞烏桕樹之美，我甚至有時會在烏桕樹下小坐片刻，這時台灣獼猴可比不上烏桕樹吸引我，即使葉子沒有變黃變紅的季節，光是欣賞它那典雅的葉形，都覺得柴山之旅充滿詩意。

烏桕葉變黃時，整個社區公園的風情就顯得詩意，當寒流過後，烏桕葉一夕間變紅，走在樹下只覺得驚豔，葉子變紅橙之後就慢慢搖落，繁華落盡，落盡葉片的烏桕樹，只剩枝椏，仍然充滿風情，蕭瑟之美，一年四季它都有不同的美，這是它的細緻。

幾年前在台北城落腳，烏桕樹是我通往荒野的一個窗口，一走到樹下，彷彿柴山的野生生命氣息也在這裡展延，當春天葉子開始抽芽長新葉時，那嫩黃油綠的色彩充滿生氣，而搖落變黃的落葉，也是值得收藏的，我有時會撿一把送給友人。當台北城的杜鵑花開始怒放時，在紫紅或粉紅或雪白的花海之外，烏桕葉呈現的是典雅的感覺。

夏天烏桕樹開始結果子時，我喜歡去樹下撿果子，黑色果莢爆開後的雪白種籽，雖然白不過白飯樹，但小巧玲瓏俏皮的很，珠頸斑鳩喜歡啄食，我有時把撿來的枝椏，葉片連著果莢放在書桌上，讓野地的氣息時時與我相依偎。

住在台北這些年，城市的擠迫壓力令人難受，在社區公園就可以看到一〇一大樓，從平地拔起，它是經濟怪獸的象徵物，而我用什麼來超脫它？感恩這四十棵烏桕樹。

夜晚在烏桕樹下散步，
我想著它紅橙的菱形葉在柴山上隨風搖落時，
那種迷人的景致，
而此時它就在我身邊，
我臨睡前可以在樹下用心靈和它對話。

春節時我在南台灣流連半月，一回到台北，還沒走到家裡，就先和住家樓下的烏柏樹打照面，它已經落盡樹葉，枝椏隨風飄搖，今年是十八年來台北最冷的冬季，鄰居告訴我今年烏柏樹紅得最美，我喜歡和樓下的鄰居閒談烏柏樹，社區的居民關心社區公園的樹，那是多麼溫暖的事呀！

夜晚在烏柏樹下散步，我想著它紅橙的菱形葉在柴山上隨風搖落時，那種迷人的景致，而此時它就在我身邊，我臨睡前可以在樹下用心靈和它對話，這種溫暖的氛圍在一〇一大樓的城市怪獸相對應下，更顯得可貴。

——二〇〇四年三月五日

血桐葉盾牌

血桐、構樹、姑婆芋在野地是最常見的樹種，在台灣從南到北也隨處可見，它們最能喚醒你關於荒野的記憶，難道不是嗎？出去爬山、郊遊時，它們是野地的一線演員，每次看到它們，就感覺到一絲絲的野地的氣息，它們是最靠近你的荒野。

大戟科的血桐是次生環境的先驅性樹種，它的葉子果眞像一支盾牌，樹皮和葉子的粉末可當防腐劑，它的枝條折斷處會泌出白色乳汁，一和空氣接觸就會氧化變成紅色，因此得到血桐的名稱。構樹則因爲是梅花鹿的食物被稱爲「鹿仔樹」。它是嘉南平原上最能和土地歷史連結的樹，從構樹去想像從前嘉南平原鹿群遍野的情景，構樹漿果成熟時紅澄澄吸引鳥類來覓食，當綠繡眼埋頭在構樹上吃漿果時，誰喊牠牠也不理，實在太好吃了吧？

姑婆芋則是山中的大綠陽傘，昆蟲的遮陽避蔭處，近年被用來種在庭園也是一個新生的契機，從山中跑到城市來謀生存，姑婆芋會不會喊：城市居大不易？一株在城市中受到冷氣招待的姑婆芋，比山中粗獷豪放的姑婆芋短壽多了。

可惜這些本土樹種很少被用來栽種在公園裡，有時我會想：如果我們的祖先回來探親，他們怎麼尋找回家的路？沒有長著鮮紅果實的構樹，和一樹貪吃的綠繡眼來列隊歡迎他們；沒有大得像盾牌的血桐葉，守衛在門前；沒有地上散落的大綠陽傘，他們豈不是要迷路嗎？

你瞧，違建戶屋旁的空地看得見這些樹，士林官邸大門前的小野地也看得見，不管貧富貴賤，它們沒有門第之分，在達官顯要門前或拾荒者的門前，長得一樣鮮綠壯碩，這便是它們的格調。

——二〇〇四年五月二十四日

拓荒植物

獨自走鐵道旁的小路去白茅荒野地。

如果以五十公尺爲計算單位，記錄一單位的植物、人文，那將是可觀的資料，還可以延伸社會學的觀察。豬的呼嚕聲宣告著養豬場的位置，靠近時要掩鼻而過；種菜的老人從水溝舀水澆菜，我走過時看見水溝呈黑漆色，我不禁爲生長中的空心菜感到悲哀；黃槿樹落下黃色的花，在廢棄老屋的屋前，昔日是老屋女主人用來作粿的材料，老黃槿不做粿就當老花來欣賞吧。

當我踩踏過小徑時，特別注意小花小草，那都是我所熟悉的老朋友，紫花藿香薊、長柄菊、野莧、牛膝、大飛揚草……，他們有著令人無法忽視的生命力，來自野地，有春天山林的餘韻。他們是野地裡的拓荒者，他們拓荒的精神是可敬的，能夠忍受惡劣的環境，站穩腳根後逐漸改變環境，不畏貧瘠，不畏艱辛。

白茅雪白的身影搖曳風中，野地遭到火焚，大片白茅燒成灰燼，草叢中的昆蟲也隨風飛起捕捉四處彈跳的昆蟲，你以爲被火燒過的枯地什麼也不剩了，但來年白茅依舊在季節時現出雪白身影，原來它的根潛藏在深深的地下，火燒了它的草葉和花絮，但只要根還在就有機會捲土重來，所以當你遇見我的小草朋友時，請多看幾眼，那陽光下寂寞而兀自生長著的拓荒者。

喵喵喵，野地裡此起彼落如落葉般細碎卻撒嬌的台灣鷦鶯鳴聲，像是早晨小小的打擊樂。清晨的安靜使心田充滿靈感和禪機。

——一九九四年十一月

和樹鵲對話的早晨

這座社區公園可以稱作「杜鵑花園」，在春天時，這名字就實至名歸了，三月的杜鵑開花了，每一朵花都像剛洗過臉的小孩，清潔可愛，一簇簇的花像隨時要讓人摘下捧在胸前一般。

聽見樹鵲的叫聲：「苦啊，苦啊。」，遠遠的，在小葉桑樹上發現一隻，我慢慢驅近牠。牠很快住了嘴，眞奇怪，樹下有人在打羽毛球，還有一個女人在做運動，牠叫得渾然忘我，爲什麼我一接近，牠就馬上發現，並安靜了？我的動作很輕巧，衣服也是保護色，她們穿的衣服比我鮮豔多了，是橘色，我的是草綠和米白。我很直覺以爲牠是用心念溝通的，於是我在心裡告訴牠：「我只是想看看你，我不會傷害你。」

很有感應的，牠靜默了一會兒，開始自在的鳴叫，像先前一樣，我慢慢找到牠停棲的地方，離樹冠只有一尺的距離，樹冠遮去了陽光，牠也怕曬嗎？這時，我的目光和牠距離三公尺遠，我可以很清楚的看見牠翅上的一點白斑，牠燕尾服般的長尾垂下，淺咖啡的身羽，米白色的肚子，米白又有層次變化，接近腳的地方漸呈淡黃，連牠眼睛的眉線都看見有一點白。

然後牠飛到旁邊的樟樹上，我禁不住也挪動了腳步跟隨牠，牠已經自在多了，住在學校旁的社區公園的樹鵲，本來就應該要大方一點，讓人欣賞一下嘛，同一棵樹上的綠繡眼和牠相比顯得很嬌小，牠是小綠的七倍大。

過了一會兒，牠又飛到白千層的樹幹上，啄著樹皮，像啄木鳥般，動作很俏皮。

早晨，懂得跟樹鵲對話的人是幸福的，心情不禁有些輕巧起來，我可不管別人有沒有閒情逸致，自己的幸福感才是真實的。

——二〇〇四年六月三日

一棵落單的芒果樹

忠孝東路和虎林街口，一棵落單的芒果樹，正結著油綠綠的果實，全家便利商店、彩券行的人，都不知道這棵樹的來歷。它夾在台灣欒樹的行道樹群中，顯得孤單落寞，儘管如此，它現在樹上垂掛著綠芒果，卻是忠孝東路上最特異的行道樹了。

第一次注意到它，是三月芒果花開時，那時每當午后下過雨，芒果花飄飄搖搖的，把人的心都搖得柔軟了。芒果花對我這來自台南縣的鄉下孩子，有一種無法抵擋的致命鄉愁。在我的老家山上鄉，從台南市走省道轉進山上小鄉，兩旁就是芒果行道樹的小綠色隧道。走過小綠色隧道，是一片綠野田疇，種著木瓜樹、香水鳳梨，山上小鄉是嘉南平原和新化丘陵的交界地，所以一走進山上鄉，迎面而來的就是新化丘陵地，當陽光映照時，可以看到新化丘陵娟秀的山丘。

在夏日來臨前，土芒果即已成熟，小小的澄黃掛在樹頭，滿樹滿樹的，孩子們總是在樹下仰頭看著那澄黃的果實，等眼睛看夠了那澄黃，就採下來，家鄉的人採下土芒果，總會給大人和小孩，一個人一個臉盆，臉盆裡放五、六、七、八顆熟得有黑點的土芒果，用小鐮刀削芒果，吃得滿嘴的黃牙，留一股獨特的酸甜滋味在心頭。

土芒果的澄黃，象徵那年代的豐收。現在台南縣的芒果節，豐收的卻是酡紅的愛文芒果，大而飽滿的新品種，象徵一個新的農產年代。

而這棵芒果樹在台北城中落單了，我看了它好一會兒，知道它是土芒果，竟有一些酸甜滋味，對它特別疼惜。今天午后下了一場雨，一點點稀微的心情。

來自草地的孩子，你是不是也在城市中落單了？今天下班後，請坐捷運藍線至永春站五號出口，去和落單的芒果樹相認，訴一訴思鄉曲。

——二〇〇四年六月二十八日

悠然自在睡著的山

一個人會愛她的家園，必定是有美好的人情與風景深入心田，美好的形影在心中縈繞，就像談戀愛一樣。有時候我們是在離開之後，從思念中去體會我們對她的愛。我曾經離開台灣四年，當我要回台灣時，朋友對我的決定感到驚訝，台灣究竟有什麼地方還吸引我回去？在很多逃離這塊土地的人眼中，台灣早已不適合居住，我的堅決令他們無法理解。

在加州時，每回去達摩鎮上，朋友們只注意超市的商品，我總盯著遠處的山望得出神，我說：「這裡的山和花蓮好像啊，但是加州的山是倒向仰，花蓮的山是悠然自在的睡著。」

出國前，我一直居住在台灣西部，台南、台中、高雄和台北，花蓮是我旅行時的最愛，當我有一天離開我的家園，我發現我所追憶的竟不是自己生長的地方，而是我記憶中家園最美麗的容顏。人在國外，很容易拿別人的風景來貶低自家的風景，那種感覺是我所不喜的，在達摩鎮的超市外，當我發現加州的山比不上花蓮時，我心中有一種傲氣，踩在加州遼闊的土地上卻有一種自家的自信，那一刻使我對土地與國家有一些深層的感覺。

回到台灣，我迫不急待就奔向花蓮，我要去看山，那使我魂牽夢繫的山。

當我開車循著藍色公路走進縱谷，漫步在花蓮，那山就一下子到了眼前來，海的藍和山的綠，那層層疊疊的色彩變化，我終於知道何以在加州我會夢見花蓮，而不是我的家鄉。我想是色彩的緣故，那種大片揮灑的色彩，給人一種開闊的感動，那是我唯一可以離開西部強迫性壅塞的方式。在海岸山脈與太平洋之間，那舒緩的平原似乎也撫慰了我多年在海外漂蕩的遊子心。

一種悠然自在的感覺又湧上心頭，我終於感覺回到了台灣。

——二〇〇四年一月一日

當我發現加州的山比不上花蓮時，
我心中有一種傲氣，
踩在加州遼闊的土地上
卻有一種自家的自信，
那一刻使我對土地與國家
有一些深層的感覺。

土地依然是花園

「四、五十年前，這裡是茶園，那時我還是個小女孩。」邱媽媽說，從全面蒙著的農裝打扮露出雙眼。

令人欣羨的可貴經驗，一個女人和一塊土地相依的記憶，守護著土地的茶園，最賣力種作的姑娘，茶園看著她成長的青春歲月，隨著經濟作物的改變，種了苦茶樹，茶樹自然演替成為樟楠林，她又自在地散步其中，做一位兒女朋友眼中最精彩的解說員，一位母親的韌性，就像這塊林口台地的紅土地，當雪花般的油桐花飄落在她髮上，她凝視著親手種的樹長大成蔭，那是何等地驕傲。

貓尾崎的人都知道這一處自然步道，下方坑子村的人說：「那是邱家茶園。」說著露出在地人的自信，笑了。

是呀，多麼令人讚歎的事，私人的土地開放給大眾做自然步道，路口寫著：「自然步道入口」。自從無意間發現這一處私人步道後，我偶爾就會來訪，它成為我的觀察樣區。

我走到茶園，油桐樹上蟬聲嘹亮，排水道上三、五步就是台灣熊蟬的屍身，旁邊還有從泥土爬出蛻去的殼，生與死都在這片小小土地。茶園讓我體會自然步道五十年前的景致，如今它演替成爲樟楠林，相思樹、紅楠、大葉楠、樟樹、苦楝、鴨掌木、山紅柿、九芎、竹子、芒草、姑婆芋、筆筒樹、觀音座蓮，還有許多細緻的草本植物。

在舊貓尾崎溪的水路邊，我看見了一大片桃金孃，那是邱媽媽和家人親手種的，粉紅花正綻放。一隻霜白蜻蜓隨著我漫步，爲了欣賞牠，我走上堤岸，四隻黃頭鷺靜靜飛過。

夏季是果實成熟的季節，到處是結果的植物，鳶尾花的果實藍得發亮，眞想採下串成手鍊，還是忍住這世俗的念頭，這是大地的小孩，留給大地吧。

「嘎嘎」我聽見吵雜的鳥聲，一隻台灣藍鵲在楠樹上飛來飛去，不時看到牠閃動的尾巴。「啁啁啁」一群山鳥驚飛起，我猜想是鷹鷲科的大鳥來了，我屏息尋找，嚇，是一隻赤腹鷹，令人興奮。

我在貓尾崎小徑上走著，每一步都是驚嘆號，沒有起點或終點，融入這裡的自然氣息是最適意的。

我總是以動植物來記憶土地之美，紅磚房邊是芒萁和青斑蝶，看到芒萁和住家比鄰，有些驚訝，草山的芒萁是一路陪伴步行者上山的沉默羊齒。這裡的芒萁是愛熱鬧的，喜歡聽鄉下人訴說豐年，所以它就安靜的在角落散發鄉野的氣息。

還有那些在春天花開後逍遙飛翔的蝴蝶，青斑蝶繞著白花鬼針草，在向它讚歎春夏的美景吧？這裡的動植物眞動人，紅擬豹斑蝶、端紅粉蝶、大鳳蝶、烏鴉鳳蝶、青帶鳳蝶，停一口氣，呵，眞是繽紛的世界。

這條寂靜的步道正在自然療癒，在保育上稱爲「生態復原」，土地公會自己長樹，這是台灣土地的秘密，也是它迷人的生命力。

在種茶歲月裡，樟楠林的種籽儲存著，在深邃的土地中，在我們無法想像的深層中靜靜睡著，茶樹的肥料或農藥摧殘過它，它堅忍著，當茶園的種作停止，它從土地的深層中醒來，竄芽埋根，然後在陽光下用力呼吸，大口大口呼吸；當雨水從天而降，大口大口喝水，先是陽性樹種長出地面，像拓荒者撫慰這塊曾經滄桑的土地，將來還會有陰性樹種成長，那或許又需要另一個五十年。

我在步道上走著，拾起油桐花的果莢，為這塊土地著迷，因為曾經利用它的人，親手為它療傷，而它用豐富的動植物來做善意的回應？我看見人與土地之間一個善的循環。

陽性樹種長出來後，苦楝開花了、油桐開花了，美麗非凡；昆蟲被吸引來了，各種蝶類、蜻蜓、天牛、金龜子、鍬形蟲，熱鬧非凡；然後，人類被吸引來了，九芎樹下有一個福德祠，我向素樸慈祥的土地公鞠躬，感恩祂守護土地。「土地公自己會長樹」，將土地這股神奇的療癒機制歸於慈悲的上天，因為在自然中發現人類的卑微。

這塊土地有了愛，這是一個有愛的土地花園。

——二〇〇六年一月二十八日

我在貓尾崎小徑上走著，
每一步都是驚嘆號，
沒有起點或終點，
融入這裡的自然氣息是最適意的。

早產的壁虎寶寶

喜愛清潔的特質向來是我自己引以自豪的，窗明几淨是一種迷人的美德，令人愉悅，我想我這樣的生活習慣是緣自於母親的身教吧，記憶中的母親下了班在家裡，總是一塊抹布走到哪裡擦到哪裡，即便是童幼時期住在鄉下，忙於農事的母親仍然保持清潔的好美德，磨石子地板經常乾淨發亮到可以睡午覺的地步。

我從未曾想過這個特質背後隱藏的陷阱，直到那兩隻壁虎寶寶的出現。

那是一個清涼如水的夜裡，好心情的我又習慣擰著一塊抹布，走到哪裡擦到哪裡，屋子裡的角落似乎都被我照料過了，我擦拭書架上的塵灰，勤勞地搬開厚重的資料夾，打算清理角落的塵埃，書架上昏暗的角落彷彿有雪白的東西，我不假思索抹布一揮一併處理，就在那時，我聽到一種細微而脆弱的蹦裂聲！

我頓了幾秒鐘，「嚇！」我眼睛同時看到雪白碎片堆裡，兩隻虛弱地蠕動身子的壁虎寶寶。啊！原來我抹布擦破的是兩粒壁虎蛋，而且是正在孵育成長的小生命。我呆立現場，一動也不動，眼睜睜看著兩隻「早產」的壁虎寶寶奮力爬著，一隻還算有活的氣力，另一隻似乎奄奄一息。

我難過地繼續未完成的清潔工作，翻開另一個書架，在資料夾背後窄小幽暗的角落裡，赫然又發現兩粒壁虎蛋，這一次我不再驚擾牠們，保留現場，帶著贖罪心情祈禱這兩粒孵育中的壁虎蛋安然無恙。

夏季是豐收的季節，植物的漿果成熟了，動物們也屆臨生產季節，這幾粒壁虎蛋的壁虎媽媽，昔日或曾與我打過照面的，也一直與我共同生活在同一屋簷下相安無事。我素愛種植花木，屋裡蚊蟲多，牠會吃蚊子，我們理應是共生關係的，而牠所需的生存空間其實很小，小到被我疏忽了。

清潔婦的美德令人敬佩，然而生物皆有生命權，即便是一粒小小壁虎蛋的生存權，仍需獲得尊重。

擰著一塊抹布走到哪裡擦到哪裡的賢慧主婦啊，彎下腰來看看角落，不要因爲疏忽而傷害小小生物的生命權，用一種慈悲心看待這些小生命。

翌日，當我再找到壁虎寶寶蛋蹦破的現場，只見雪白的碎殼，兩隻「早產」

的壁虎寶寶已不知去向，我似乎鬆了一口氣，安慰自己壁虎寶寶劫後餘生，不久就會在牆壁上鳴唱晚安曲了，而那一聲細微而脆弱的破裂聲，卻不時在心裡低迴著。

——一九九六年三月

清潔婦的美德令人敬佩，
然而生物皆有生命權，
即便是一粒小小壁虎蛋的生存權，
仍需獲得尊重。

五色鳥美麗的劫難

早春三月，市場裡的陽光充滿，是個買菜的好日子。一走進市場裡，看到賣鳥的臨時攤販，我的心卻整個糾結了。

在一個個窄小的籠子裡，一群群鳥被分類關著，文鳥、斑鳩、鵪鶉、八哥和其他一些家鳥。那隻五色鳥眼睛骨碌碌看著我，我蹲了下來和牠說話。往常在山林中，五色鳥因爲身上的保護色不易被發現，等發現時，只看到牠飛去的身影。沒想到和五色鳥距離最接近的一次，竟是在繁鬧的市場裡，心中不勝欷歔。在五色鳥旁邊則是兩隻小彎嘴畫眉，判斷一隻是成鳥、一隻是亞成鳥，小彎嘴畫眉偶爾會發出「果歸」的叫聲，五色鳥則一聲不吭。

「老闆娘，這是野生的鳥，妳在哪裡抓的？」我問。

「這不是野生的，是人家養的。」婦人辯解的說。

我訕訕的離開攤位，對鳥販的話存疑，頻頻回頭看我的野鳥朋友。買完菜要回家時，再經過鳥販的攤位，五色鳥又睜著眼睛看我，那翠綠的羽色在市場裡更顯明亮，眞像落入凡間蒙塵的綠精靈。

我走路回家，一回到家，我趕緊打電話問保育課的朋友阿瀛，他人在中部做研究，電話中匆匆的說：「那是野生的，不可能是人工飼養大的。」我想也是，鳥攤上的鳥都是安靜的在籠子裡，而五色鳥和小彎嘴畫眉卻是拚命的要往籠子外衝，牠們要回返自由天空的意圖那麼讓人心酸。想到這裡，我無法坐視不管，又急忙趕去菜市場。

再次來到鳥攤，攤位前聚集了一些人在看鳥，大家的眼光都在五色鳥身上。

「這是什麼鳥？好漂亮啊。」一位中年婦人蹲下來直盯著五色鳥看。

我向她解說是五色鳥，野生的被抓來賣，婦人先是很驚訝，然後說生意人要討生活，她示意我不要太苛求。我心裡眞的無法認同台灣人的濫慈悲，謀生的方式有很多種，不能做爲傷害野生動物的藉口。

「老闆娘，我問過國家公園保育課了，不可能有飼養的，妳這是哪裡抓的？」

老闆娘沒想到我有備而來，急忙辯稱是小隻抓來養的，別人抓來賣她。三隻野生鳥仍不停的在撞籠子，被飼養過的鳥怎麼可能這樣？但此時不是探究這問題的時候，重要的是讓野鳥回返山林。

「這隻賣多少錢？」我指著五色鳥。

「一隻八百元。」眞令人氣結，爲了八百元，就可以蔑視一個野生動物的生命權，野生鳥類不習慣窄小的籠子，會不停衝撞籠子，有時衝撞至死方休，不自由，毋寧死。

「那這兩隻呢？」我指著小彎嘴畫眉。

「也是八百元。」老闆娘說。

「老闆娘，三隻妳要算多少錢？我要把牠們放到山裡去。」我改用勸說的態度：「妳以後不要再抓野鳥，如果別人抓來賣妳，妳也不要買。」蹲在一旁的婦人也幫忙我殺價。

「好，我算妳三隻一千七。」老闆娘這時總算有些愧意，她一直推說是別人抓的，我不想再拆穿謊言，這時攤位前圍隴了人群，我向市場裡的人解說，捕抓保育類的鳥是違法的。

〔黃光瀛 攝影〕

往常在山林中，
五色鳥因為身上的保護色不易被發現，
等發現時，只看到牠飛去的身影。
沒想到和五色鳥最接近距離的一次，
竟是在繁鬧的市場裡，
心中不勝欷歔。
再經過鳥販的攤位，
五色鳥又睜著眼睛看我，
那翠綠的羽色在市場裡更顯明亮，
真像落入凡間蒙塵的綠精靈。

「八色鳥才是保育類的鳥。」老闆娘說。

不經意的一句話透露出鳥販的狡獪，好像說她還沒有侵犯到保育的門檻，可是八色鳥不就是由於羽色光鮮奪目，被販售供飼養當寵物，在不斷的捕捉壓力下，成爲稀有鳥種。我覺得重要的是對生命的尊重。

五色鳥是城市與森林連結的使者，牠的鳴叫聲「叩叩叩」很像敲木魚的聲音，假如你在野外聽到牠那獨樹一格的叫聲，你就知道離森林不遠了，附近有闊葉林區，那是五色鳥的棲息地。

一拿到三隻野鳥，我十萬火急的開車疾奔山中，那裡動植物豐富，是安靜的自然禪修園區。

我一邊開著車，一邊留意鳥的狀況，牠們不時向上啄著網袋，沒有一刻放棄要爭取自由，眞令人動容。

車過市區，「歸－歸－歸」五色鳥和小彎嘴畫眉亞成鳥打起架來了，原來鳥販把三隻鳥放在同一個網袋裡，五色鳥和小彎嘴畫眉亞成鳥互相啄著對方，我把網袋挪動位置，沒想到換小彎嘴畫眉成鳥來啄五色鳥，眞讓人擔心。

車行經木柵的朋友家，我趕緊請求援助：「快點，小鳥在打架！」朋友看到啄得難分難捨的鳥兒，睜大眼睛驚訝萬分。

我們找到裝貓的籃子和菜籃，請一位男士把三隻小鳥分類放置，總算把一場動物的戰爭平息了，但是小彎嘴畫眉仍拚命叫著，催促我快快去山裡，車程需要一小時。

我一路飛車，火速趕到山中的禪修園區，把車開到茄苳樹下，這是平日我觀察五色鳥的地方。我先爲鳥念三皈依，然後打開貓籃子，五色鳥像箭般平直飛到金露花樹上，樹上停著一隻牠的同類，不久又飛來一隻，樹上就有三隻五色鳥，我看看那隻和小彎嘴畫眉打架的綠精靈，牠自在的停棲樹上，似乎在宣示，這才是牠的屬地！我再打開菜籃，兩隻小彎嘴畫眉飛出去，牠們停在矮灌叢，看來自然諧和。我向牠們揮揮手，雖然往後當牠們飛入我的望遠鏡頭，我也辨認不出，但我知道牠們生活在安全的美麗山林。

美麗總是吸引人們的眼光，五色鳥不也因爲美麗而蒙難嗎？

我這樣的處理是好的嗎？會不會又助長鳥販去捕捉森林中的美麗野鳥？後來

〔黃光瀛 攝影〕

你是那個喜歡
把美麗的自然禁錮在家裡的人類嗎？
想一想自己自私的行為，
想一想美麗的五色鳥如何淪為
菜市場的落難精靈！

我請教保育課的阿瀛如何處理販賣野鳥的事？他說：「捕捉野鳥來販賣，即使不是保育類的鳥，仍然是非法的行爲，你要拍照取得證據，報請當地警察來取締。」

你是那個喜歡把美麗的自然禁錮在家裡的人類嗎？想一想自己自私的行爲，想一想美麗的五色鳥如何淪爲菜市場的落難精靈！

——二〇〇五年五月三十日

撿落葉的老女孩

城市每天都在老化，撿落葉的女孩不會變老。

每當樓下公園的烏桕樹變黃變紅時，我就會邀請友人們來樹下散步，欣賞四十棵在冬日裡變紅的小樹林，當初是誰那麼浪漫種下的？如果種上一千棵樹的林子，在紅意漸濃時，就可以欣賞本土的紅葉，不必遠赴日韓或美加地區，賞自家的紅葉，尤其在樓下公園，那種親切的感覺很窩心。

當我正在樹下撿落葉時，公園裡聚集了許多老人家，他們正在曬太陽呢！可不是嗎？台北前些日被冷氣團圍住了，今天出了個太陽，不出來曬曬冬天的太陽多可惜，會辜負在人家巡禮的太陽神吧？老先生和老太太大概許久不見了，彼此七嘴八舌的在聊天，交換著生活的點滴，真像剛暑假歸來返校的小學生。也有的老人家高聲在說著八卦話題，倒一倒生活的垃圾。

我在樹下走著，漫遊著，一位老伯伯正拿著掃帚在掃地。我不時蹲下來撿落葉，他則把落葉掃到垃圾袋中。爲了撿新鮮剛落下的紅葉，我手腳俐俐的走在他前頭，我撿他掃，有時候我還轉頭看有沒有遺漏的，美麗的紅葉被當成垃圾，我深覺不忍。

老伯伯看我一路撿葉子，終於忍不住了，問我撿葉子做什麼？

「做書籤或卡片啊。」我說。

「葉子做成書籤或卡片要做什麼？」老伯伯拿著掃帚，好奇的問我。

「自個兒用，也可送朋友啊。」我說。

我看到老伯伯臉上失望的表情，他或許希望我把落葉拿去創思營生吧，而不是做書籤或卡片這麼不實用的答案。

「呵呵呵，妳們女孩子就會喜歡這玩意兒。」他說著，扛著掃帚走了，邊走邊搖頭。

我是老女孩了，我心裡回答老伯伯。我又一路撿著，唉，葉子落得可眞多，連停在樹下的汽車上都落了一身，落在白色的汽車上眞像是幫白皙的美少女頭上戴上花環。我一邊撿，葉子仍不停不停落下，有幾片打在我頭上，啊，那種被落葉打到頭的感覺眞不錯。

回到家裡，我把新鮮掉落的紅葉，分裝一袋袋寄給友人們，有些葉子還濕濕的呢，有著早晨樹林的芬芳。有些撿來的落葉裝在籐籃或陶盤裡，放在書桌上欣賞，隨著日子一天天過去，陶盤裡的紅葉慢慢乾枯捲曲，而壓在書本裡的紅葉則變成平面書籤，每每翻開書本就彷彿聞到早晨樹林的芬芳。

落葉其實是樹的新陳代謝，樹將身體的垃圾集中於一葉，飄落的葉子其實就是樹在倒垃圾。啊，倒垃圾也可以這麼美，人的心在丟掉垃圾時，能不能也這麼美？

你的頭有多久沒有被落葉打到了？你的腳有久沒踩到落葉了？你的手有多久沒撿落葉了？你的心啊，有多久沒爲葉子紅了而心動？

撿落葉的老女孩，那隻疼惜自然的手最美。

——二００五年二月二十七日

你的頭有多久沒有被落葉打到了？
你的腳有久沒踩到落葉了？
你的手有多久沒撿落葉了？
你的心啊，
有多久沒為葉子紅了而心動？

筆筒樹之戀

如果要推選北台灣最卡通的原生樹，我一定投筆筒樹一票。因爲它的幼葉蜷曲，像在山路上打一個大問號，愛問爲什麼，孩子氣的樹。

在忠孝東路東區的繁華商圈，一間知名服裝設計師的店前，種了一棵筆筒樹，樹長得比女人還高。來來往往買新衣裳的女人很多，美麗的、妖嬈的、清純的、老邁的各色各樣女人經過樹下，很少人抬頭看樹一眼，這種樹在陽明山上沿路都是，對台北人來說再熟悉不過了，但是買衣裳的女人不理會筆筒樹的存在，筆筒樹總是默默守候終於成了店前的綠門神。

我和朋友聚會時，總喜歡這樣約定：在那棵筆筒樹下見面！

這樣的約定很感性也很卡通，在等待友人的時間裡，我就檢查著筆筒樹葉子和樹幹有沒有完好？有沒有哪個頑童割它一刀或摘它一葉或刻它一字？那都會讓我心疼糾結好久，每回看到它粗糙毛茸茸的樹幹完好無恙，我就欣慰無比。

北台灣的郊山茂盛生長的筆筒樹宣示土地的陰潮溼氣，我告訴朋友我最愛筆筒樹，這位生態專家朋友笑著說：「屬陰的。」

他說的是陰性樹種，這是筆筒樹宿命的屬性，陽性樹種是拓荒植物，總是生長在植物群落繁華之前，有那麼一點荒野鏢客的孤獨寂寞，陰性樹種則生長在穩定的森林，它是不會寂寞孤獨的，身旁總有植物族群環繞，它是喜歡呼朋喚友的。而落入城市的筆筒樹失去自己的植物族群，成爲城市風景一角爲女人容顏增添光輝。

客家朋友的媽媽則說：「客家人稱筆筒樹爲『山大人』。」

是啊，筆筒樹是蕨類，卻遠比其他蕨類巨大，鐵線蕨、腎蕨這種小蕨在筆筒樹面前眞的只能叫小娃兒了，山大人！客家人這麼稱呼它再傳神不過了。

庭園餐廳漸漸也把筆筒樹拿來作園藝樹種，我一走進這種地方就情不自禁的靠近它坐在樹旁，感覺像回到草山的山路上，然而無論庭園多麼美麗典雅，筆筒樹卻經常長得不好，畢竟是人工的環境，扭曲了筆筒樹自然的生長。

山中的一棵筆筒樹長在八角亭邊邊，翠綠的葉子大刺刺地往天空伸展，很意

當人們看到修葺後的八角亭時，
都不禁發出會心一笑，
那八角亭缺了一小角，
把那一小角讓給了筆筒樹。

外的，它長得相當強壯，站在歲月中腐朽的亭子旁，顯得生意盎然。當人們打算重修八角亭時，請來幾位達悟族師傅搭建，特別央求他們要留下這棵筆筒樹，達悟族師傅在筆筒樹下看了很久，不時打量筆筒樹翠綠強壯的葉子。

「沒問題吧？」人們問著。

達悟族師傅笑笑，成竹在胸。

其實八角亭並未傾倒，它只是頭頂腐朽，一支樑壞了，也因爲這樣筆筒樹有機會竄出它的頭頂，成了一頂大綠陽傘。

當人們看到修葺後的八角亭時，都不禁發出會心一笑，那八角亭缺了一小角，把那一小角讓給了筆筒樹。

我覺得筆筒樹是自助人助，因爲自己的強壯，讓人無法忽視它的存在。

——二〇〇六年四月二日

山上的男人

爬柴山是那些年住在高雄時的生活寄託，那時我還參與了一些文化界的朋友們推動柴山成立自然公園的活動，常常需要上山去解說，和高雄市民做觀念的溝通，那是一種長期的努力，三、四年來才有一點點的回應，有時回應來自人，有時回應來自動物，但只要有一點點進步，都讓我感到很安慰。

記得有一天，有一位在自然科學博物館工作的朋友特地從台中南下爬山，因爲他即將去英國進修，這將是他離別前對台灣美麗的回顧，這位朋友是研究蜘蛛的，因爲研究的需要，他沿路上山沿路講解蜘蛛的生態習性，也拿著採集盒子抓蜘蛛，準備帶回科博館研究。

我們一路上聊得很愉快，到了平常休息的地方，我們坐在珊瑚礁上喝水，朋友還是不忘工作，他專心的在抓一隻小蜘蛛。

「先生，請問你在抓什麼？」有一位穿著拖鞋嚼著檳榔的男人走到我朋友身邊好奇的問他，我注意到這位草莽氣很重的男人已經跟在我們背後有一會兒了。

「喔，我在抓蜘蛛。」朋友輕聲回答。

「先生，請問你是從哪裡來的？」

「喔，我台中來的。」

「喔，眞歹勢，我們高雄現在要保護這座山，所以動植物都不要給他傷害，欣賞就好，不要給牠抓起來……。」

這位草莽兄弟一邊嚼檳榔一邊對我的朋友做生態解說，他說的道理好熟悉，這不就是我們四年來在柴山上一遍又一遍在與人溝通的觀念嗎？我有點呆住了，這些話若是從知識份子口中說出來的也許是理論。但從這樣一個兄弟口中說出來，是那樣令人動容，他在講的時候，語氣是那樣的柔和，笑容有一點靦腆，好像在告訴我的朋友：「請你不要傷害我們的孩子！」那樣疼惜的心情。這是我聽到最受感動的一次解說，不是來自生態學學者，而是來自草莽小市民，而他對山林保育的概念不是來自認知，是來自一份對土地的愛。頓時我覺得這四年來的辛苦和努力，一切都值得了。

我心中很感動，我沉默著享受這感動，我朋友這時才告訴他實情，大家因爲疼山就變得熟悉了，一塊兒坐在珊瑚礁上欣賞蜘蛛。

不久以後，我出國了，離開台灣後常回想起爬柴山的日子，有時候也會記起這一天的情景，一個有蜘蛛記憶的早晨，和那個很草莽卻對土地很溫柔的男人。

——二〇〇〇年四月七日

他在講的時候，
語氣是那樣的柔和，
笑容有一點靦腆，
好像在告訴我的朋友：
「請你不要傷害我們的孩子！」
那樣疼惜的心情。
這是我聽到最受感動的一次解說，
不是來自生態學學者，
而是來自草莽小市民。

從一片葉看一個季節

每年三月至六月間，是我的「觀葉」季節。有時我會用半天甚至一天的時間，任自己在蓊鬱的森林裡徒步，用一片單純寧靜的心境，打開眼識和心識，去覺知春季、群樹幼葉成長的繽紛生命。

看見綠葉的繽紛之美，是從印度紫檀開始的。五月的梅雨季，當我把車子開進文化中心的停車場，正爲車子有綠蔭遮頂而欣喜，一滴斗大的雨珠落在頭頂，我抬頭看看這棵像巨人般張著綠傘的老樹，即刻被它粉嫩油綠的新葉震懾了。羽狀複葉的葉形平整張開層層疊疊，萬般繁複卻又那麼平等，每一小葉都有機會接受陽光雨水的滋潤，不能不讚歎自然的神奇，而令我驚喜的是，我第一次看見了「綠葉如花」的繽紛。

儘管每一片葉都是綠色，卻因是新葉，那綠呀，綠得有些透明如玉，而羽狀複葉本身就是最美的圖騰，無意中我鑽進撐開華蓋綠傘的印度紫檀樹下，從樹下仰望的角度，與印度紫檀的新葉做了一次「驚豔」的邂逅，令我終生難忘，發現了一種新鮮欣賞植物的法門。

除了印度紫檀，我也發現這時節的群樹都在替換新葉，正確的說，有些樹在冬季葉子全部落光，三月初春時發新芽，在梅雨季節裡新葉油亮。六月，新葉的葉色逐漸轉成深綠，而翠綠的葉色只有新葉才有，是短暫的，又在梅雨時節常受雨水清洗，感覺特別美。像樟樹、菩提樹、苦楝樹、竹子等，都以全然的生長呈現生命的豐饒，小葉欖仁的綠芽是最吸引人的街景，小卻細緻，走到樹下抬頭望向天空，才發現葉芽和細枝展開如幾何圖形的傘，綠葉和藍天又相映襯，那眞是我見過最美的圖形。也因著四、五月葉色如新，和夏季葉片的墨綠讓我體會春天與夏天的細微分別，從一片葉看見一個季節。

觀察木本的群樹之外，也不要忘了草本植物。我曾走進一片痲竹林，用一個半天的時間，只是爲了欣賞草本植物的新葉，紫花藿香薊、昭和草、火炭母草、酢醬草、菁芳草、含羞草……，然後我走到溪溝邊，一行檳榔樹下一片葎草蔓生，那新生的葉印在我的心頁上，令我驚呆了，我在檳榔樹下呆站了許久，面對大自然的造化不知所措，覺知到人的渺小。

這個季節，請別猶豫，即刻去尋找一片森林、一處綠野、一排行道樹，靜靜的，觀葉。

——一九九二年七月三日

這個季節，
請別猶豫，
即刻去尋找一片森林、
一處綠野、
一排行道樹，
靜靜的，
觀葉。

重返荒野

我們需要和荒野保持聯繫，因爲我們來自那裡。

在假日裡，成千上萬臉色蒼白、體質孱弱的都市人蜂擁至山林，尋求大自然的滋養，人類對大自然的需要超乎他們自己的想像。然而可怕的是，二十一世紀，人類以毀滅性的速度剷掉泥土和樹林，蓋上房子、種上農作物，剷掉熱帶雨林種上牧草，用水泥封築人類自己的墳城。

泥土生養大地萬物，水泥把大地萬物驅趕至地球邊緣。

在台灣，尋求大自然滋養變成一條長途跋涉的艱苦路。瘋狂的土地炒作把農地變成住宅與工廠，泥土一寸一寸地失去呼吸的空間。

林務局大力推展的森林遊樂區，在春天變成森林裡動物們的笑料，除了繁殖力強的赤腹松鼠，以烤肉露營方式進入森林的城市鄉巴佬，不曾見過其他隸屬台灣特有種的美麗野生動物，台灣動物們離台灣人愈來愈遙遠，目前台灣鄰近城市的森林中的優勢種動物是人類，在沒有生命力的森林遊樂區，尋訪荒野的機會歸零。

請問你多久沒有重返荒野的懷抱？擁抱風聲、鳥聲、水聲、落葉聲？你是否警覺到，你的心靈也如台灣的土地一樣逐漸沙漠化了？

春天來到六龜林試所扇平工作站，我站在藏柏樹下，一群台灣藍鵲從我頭頂上飛過，那優美如詩的身姿深深震動我剛從城市逃離的心。

沿著瓜葉椒草蔓生的小徑走下溪床，我彎身趨看扛板歸嫩綠的新葉，卻聽見柔軟的水聲，忍不住的雀躍，蹲下來喝一口茗濃溪上源的清澈水泉，告訴荒野，我回家了。

從無患子落葉堆積層下翻出「黃目子」，這是祖母時代的天然肥皀，如今是我們認識鄉土的媒介，如果早兩個月來，無患子黃金的落葉，會指引你走進夢裡，站在樹下宛如置身黃金的夢境。

我帶著望遠鏡追逐山林的鳥聲，只要一個半天可以看到一、二十種鳥，史溫侯筆下「台灣最美麗的鳥」——朱鸝，正從樹林裡飛掠，尾巴張開成扇子形狀，正用美麗的身影寫詩。這時候往林子棧道走去，走進荒野的寧靜中。

夜晚的扇平加入角鴞的叫聲，來自遙遠的樹林。我打算什麼事也不做，就在夜晚的山林裡散步，循一條黑暗的路徑。在黑暗中，跟著獵戶星座走，樹影一層一層漫過來，這時，角鴞的聲音愈來愈近，我感覺眞正的回到荒野的懷抱，禁不住心中強烈悸動著。

——一九九六年三月

在黑暗中，
跟著獵户星座走，
樹影一層一層漫過來，
這時，角鴞的聲音愈來愈近，
我感覺真正的回到荒野的懷抱，
禁不住心中強烈悸動著。

努力才有自然美景

一九九五年，春天的柴山，我和從台北南下的朋友上山，他特地來分享高雄人爭取自然公園的經驗。一路上我聒噪地介紹動植物群相：瑪瑙珠從豌豆變瑪瑙了，龍船花偷偷的趁還沒包粽子先開花了，構樹分為男生樹和女生樹，恆春厚殼樹旁有小溪貝塚。

一路上，我的朋友不停地蹲下來，一會兒看看珊瑚礁岩，一會兒拿著一塊枯木研究半天，爬上斜坡七十度的珊瑚礁岩步道，終於走到泥土地的小徑，他又蹲下來不走了，哇，一隻叩頭蟲，我拿起叩頭蟲放在手掌心，輕輕搔牠的腹部，叩頭蟲就仰起身體叩頭，朋友終於放下城市人的拘謹，笑了。

「在台北盆地的邊緣小山，只要看到一小塊枯木，就很高興研究半天，這裡有一大片的觀察樣區。」他說。

叩頭蟲旁邊還有菊紅色的小蟲，我也蹲下來看，瘦長身子的小蟲長得很俊，不知牠的芳名，我不在意，我經常就是單純的欣賞自然。

蹲下來，整個柴山變得好安靜，這時我抬頭看向前方，整條小徑上都是紅小蟲，牠們鮮紅的顏色似乎在爲高雄人喝采，說柴山是一個感人的故事。

「不可思議，太壯觀了。」朋友說。

後來我查資料才確認，那些滿山遍野令人著迷的紅蟲小生，就是紅叩頭蟲。柴山是一塊豐富的土地，它把人的潛能激發出來，改變高雄人與自然的關係。

一九九九年，春天的加州高大的橡樹下，我撿著橡樹枯枝，一位銀髮的美籍老師對我說：

「他們告訴我，妳在台灣也在保護森林，我一定要來向妳致意。」麗塔老師說著抱緊我，眼睛很眞誠，令我感動。

我對麗塔老師很感興趣，但是女校有些來自台灣和馬來西亞的學生，對她的嚴格有些抱怨：「她不准我們踩草皮。」女學生說。

對於這樣的抱怨，我總是勸說學生，麗塔老師是爲環境著想，學生還不能體會這些。我想起有一回，全校去私人的紅木林參觀，當地的美籍學生一路上都對

每天，
從宿舍走路到女校，
一路上我總是走走停停，
因為這裡的野鳥離人很近，
肥嘟嘟的，
常常出現的都是老面孔。

木材場不懷好意，西班牙裔的女孩紫羅蘭告訴我，木材公司的伐木令當地人很反感，她說：

「森林都被他們砍伐光了，我討厭他們。」

紫羅蘭指著一個爲鮭魚而設的迴流水道，她做了一個不以爲然的表情，表示那是在「做做樣子」的，學生們在水道果然找不到半隻魚影，只有樹葉塞住了乾淨的水道。

這次的野地探訪，很明顯的，西方學生比東方學生有保育的概念，女校學生的東西方國籍的融合，正好可以比較出文化的差異性。這種差異，有時候，只是一個對路上停佇野鳥的眼神，就已表露無遺。

每天，從宿舍走路到女校，一路上我總是走走停停，因爲這裡的野鳥離人很近，肥嘟嘟的，常常出現的都是老面孔，我爲牠們取了中文名字，俊雄、春嬌、和志明，牠們一定覺得很榮幸。

女校外面的野地，野兔一蹦一跳的消失在灌木叢，我又瞧著窗外，昨晚學生說看到浣熊去廚房偷吃東西，我用眼睛做著印地安人的「靜獵」。也許，會有一隻浣熊出現，但我眼睜睜的「靜獵」了一會兒就累了，正當我的心不再獵任何動物時——浣熊出現了，慌張而迅捷地衝出廚房，令人不忍，牠只是覓食啊。

就在我沉浸在加州野地的樂趣時，有一天，麗塔老師在加拿大楓樹下和我聊天，她問了一個非常震憾我的問題：「妳的國家其實很需要年輕人，爲什麼妳不回去？」

我無言以對，麗塔老師的話觸動我的心。

加拿大楓葉變紅了，銀杏變黃了，白楊木變黃了；我看見了白尾鹿，我看見了野兔，我看見了斑點貓頭鷹，我看見後山核桃樹下的兩隻驢子，這些令人讚嘆的自然景致——都是別人努力得來的成果。

我們還需要很多很多努力，努力才有自然美景！

——二〇〇五年七月十日

我看見了白尾鹿，
我看見了野兔，
我看見了斑點貓頭鷹，
我看見大黑熊，
這些令人讚嘆的自然景致——
都是別人努力得來的成果。

卷三

自然與女人

烏柏・女人・情

1 女人與烏桕樹的故事

社區的烏桕樹在秋日裡變紅了，你不得不抬頭仰望它，群葉都塗上胭脂，爲緊張的城市增添了幾分柔情，在紅葉滿地的磚道上散步，什麼煩惱都隨美麗的葉片掉落了。

在烏桕樹下，我蹲下來觀察落葉，那菱形的葉型，葉尾尖尖的，乍看還眞的有幾分像動畫電影「海底總動員」裡的魟魚。烏桕葉片和葉柄的交接點，有兩個黑色的小眼睛，極小極小，像螃蟹眼，這是葉子的腺體，它會分泌糖蜜，人類的舌頭嚐不出來，這是樹給保護者的禮物，烏桕樹的保護者是螞蟻，葉子的螃蟹眼分泌糖蜜，供應螞蟻的需要，而螞蟻則幫它驅趕害蟲，有點類似攤販在付保護費，這是牠們的「共生關係」。

然而烏桕樹最迷人的，不只是典雅的葉形，或是和螞蟻的共生關係，而是它和先民的開拓史。烏桕樹的原產地在中國，隨著漢人移民台灣，在早年物資缺乏時，烏桕種籽還提煉做蠟燭、肥皀和油，葉片可以做染料，用來染布，先民把它種在家屋旁，和其他像竹子、黃槿、破布子、九層塔等種在一起，生態上這叫「Kitchen Garden」，廚房花園，很溫馨的名詞。我想起童年在小農村長大的經驗，農人把可用的樹或菜種在家屋旁，婦女煮飯時隨手可以採摘調味。

經過歲月的演變，烏桕樹在台灣已馴化，成爲野生的樹，長在野地和山裡，融入台灣的自然界。

烏桕和螞蟻的故事，是自然界共生關係的縮影；女人和樹的故事，是土地上相濡以沫的縮影。

女人和樹，在土地上默默相依。母親嫁入父親家族中的成長故事，則是我最可貴的庶民史料，母親種農作物和果樹，諸如土豆、甘蔗、香蕉、柳丁、芒果、龍眼等，她善用天然肥料，提昇農作物的產量，種果樹亦然，水果也長得又大又好，成熟時她找個好價錢賣出，這些就是她四個孩子的教育費，種田讓她覺得辛苦，她希望她的下一代不再務農。她看村子裡的孩子農忙時總得跟著大人在田裡，忙得汗泥滿身，她執意讓四個孩子都專心讀書，不用下田。每當村人取笑她寵孩子，她脫下汗水淋漓的頭巾，憨厚笑著，她要栽培小孩讀書的心，是一點一滴累積出來的，如今已長成像龍眼樹般高大。

母親栽培孩子像栽培果樹一樣有收穫，四個孩子從大學畢業了，他們在城市落地生根，離家鄉的土地越來越遠。母親年老了，家鄉的土地租給村人種作，一分地的租金才八千元！僅管收入微薄，她還是對土地不離不棄，偶爾就坐著客運車返鄉看望，對土地的深情如昔。

村子裡的族人又問她：小孩都在台北嗎？她還是憨厚笑著。

每年暑假，她看看破布子樹和龍眼樹，挑選又大又圓的破布子來醃漬；她種植的沒有農藥的龍眼成熟了，她爬上龍眼樹採收，父親在樹下幫忙。她又提著重重的行李，從南台灣北上看孩子和孫子，然而，孫子不愛吃破布子，也不愛吃龍眼，她問孫子要不要和她回鄉？孫子搖搖頭，往年孫子在龍眼樹下遇到螞蟻和蚊子時，總是像戰敗的公雞般頹喪。

我看著破布子和龍眼樹，所有童年的記憶爭先恐後的翻滾，那麼甜美，在陽光下閃著晶亮的光。龍眼樹上跳躍著白頭翁和綠繡眼，這是我最早認識的野鳥，應該說知道牠們的中文名，小時候只叫得出牠們的俗名，白頭殼和青笛兒。

大學時開始觀鳥，我的自然之窗打開了，窗內是童年的鄉野經驗，從望遠鏡中連結童年的鄉野記憶，也連結先民的土地歷史，走入平埔族的土地經驗。

當我讀到歷史，西拉雅族人是母系社會，堅強能幹的土地之母，我可以連結到家鄉，那個新化丘陵邊緣的小農村，西拉雅族人從海岸退居到丘陵山區的移徙中站，村子裡那些在田裡強悍的女人。

長大以後，我回到童幼時去過的平埔族遺居的小山村，鳳梨的種作沿著窄小的山路展開，我捕捉新化丘陵地的輪廓，丘陵地和旱田，農作物和童幼時不一樣了，卻依然有豐富的動植物生態，這是數十年未改變的。七月的蝶類翩翩飛翔，鳳梨田裡的青斑鳳蝶、大白斑蝶、大鳳蝶、紅擬豹斑蝶等美麗非凡，我被鄉野的動植物所吸引，渾然忘了對鳳梨的關心，經過數十年後，我離農田很遠，不再是依賴務農維生的農家子弟，我變成在鄉間荒地尋找野趣的城市草地人，沒有改變的是那份對土地的深情。

農夫的女兒走入自然，會不會比別人多一些柔情？像農婦一樣和土地有相依爲命的感情？

山路盡頭有一間素樸的平房，屋旁一棵烏桕樹佇立著，樹梢飛舞著生動的蝶影。

2 受創的女人

社區的烏桕樹在春日裡抽換著新葉，老葉掉落，嫩葉抽綠，樹葉的掉落對樹是好的，是樹的生機，也象徵女人心情的轉換。

記憶中的春日，童幼時候在小農村，和姊姊一起去田裡採黑甜仔菜，在田裡遇見去拜田頭的母親，母親會給我玫瑰色紙包的甜糕，大概我忙著吃甜糕，手採的黑甜仔菜混雜了一些野菜，但是我年紀太小，只有七、八歲，父母親是不會罵我的，反而覺得可愛，清貧的小農村生活，一切是那麼恬適……。

記憶中的春日，當時工作在高雄，柴山上的烏桕樹也更換著新葉，這時節我會獨自上山，那是一種逃離，暫時逃離在婚姻中的壓力。

童年時在田裡採著黑甜仔菜，小小的身影，被茂盛的野花野草淹沒了，卻掩不住童稚的笑聲。

長大成人以後，我和自然更貼近，我喊得出童年田裡的野花野草的名字，而田裡的笑聲已聽不見，柴山上茂盛的烏桕樹葉卻掩不住我臉上的憂愁。

女人在受創時，何以會回到自然的懷抱？

小時候在小農村，家人叫我「洛叩馬」，在鄉下，那是指成天在戶外奔跑玩樂，精力旺盛的小孩。所以當心靈受創時，我很自然會走入山林，希望茂盛的野草野花把我卑微的身影淹沒，讓我忘卻那惱人的婚姻，惱人的現實。

九二一地震時，新婚時買的屋子也倒了，在中部葎草蔓生的麻竹林邊。我走上那幢有些傾斜的危樓，趺坐在杯碗散亂的屋內，屋子裡看不出地震的痕跡，一切一如往昔，像風雨前的寧靜，但是數月後它將面臨拆除的命運，隨著房子的拆除，所有婚姻中的努力，都一去不復返。

那時節春日的柴山，我在山路上走著，小小的山路在春雨後翠綠怡人，我憂傷的心安定下來了。在山路上遇見那隻受傷的台灣獼猴，鼻子不知和誰打架時受

〔黃光瀛 攝影〕

傷了？我落寞地看著牠，牠也落寞地看著我，我輕輕撫著自己鼻樑邊的傷痕，走過牠身旁，牠靜靜不動。我落寞地在柴山走著，走到水泥場的礦區，這裡是從前挖土製水泥的殘遺，光禿禿的，這是土地的傷痕，我有些辛酸。

從前台灣是美麗的，人讚歎爲福爾摩沙；從前戀戀新婚時，與子偕行奔赴山林。如今土地負傷；如今女人的心靈滿是創痕。

我默默走著，這條乾燥的礦區山路，受創的土地，和一顆受創的女人的心。

3 在自然中復原

社區的烏桕樹在夏日裡結了滿樹的果實，圓潤的綠色，烏桕滿樹的果實，女人的心回復寧靜。

我已離開柴山，在北台灣的大都會落腳。我住的社區公園有四十棵烏桕樹，南台灣的友人聽到了，嘖嘖稱奇，那一定很美吧？南台灣山上的烏桕樹，在北台灣可以是平地公園的樹，環境的差異，生物也起了變化。對自然的感覺也起了變化，自然愈來愈近，就近在身邊。

九二一地震後，中部的山區封山了，讓受創的土地復原。自然需要休養，在時間中療傷，一如歷經滄桑的女人。

我抬頭看烏桕樹，啊，烏桕樹特別乾淨，葉子清潔而美麗。多麼奇妙的自然，從柴山上初識它，到如今它成爲我生活中的樹，漫漫十年過去了。我離開了柴山，也離開了婚姻，而自然卻沒有離開我，四十棵烏桕樹是連結點。當我漫步在樹下，所有記憶也會在心中翻騰，但是烏桕樹每天在落葉，我拾起那金黃色的落葉，落下的烏桕葉依然典雅，每天看著、看著，嘿，那受創的女人的心，有一天終於豁然開朗了。

姊姊來看望我，我和姊姊就在烏桕樹下散步，滿眼的綠意把我們包圍，好像小時候在鄉下的情景，在田裡採著黑甜仔菜，小小的身影，被茂盛的野花野草淹沒了，而時間的轉換迅疾如風。

我想起那年和姊姊相偕去看灰鶺鴒回巢，姊姊帶著外甥女的望遠鏡，倍數不大，我們站在樟樹下翹望，等待候鳥。

候鳥遲遲未歸，我在樟樹下教姊姊認野花野草，姊姊覺得很有趣，有些野草老家的果樹下也有啊，她說。

天空難得的訪客出現了！「來了，來了！」我小聲喊著。

在遠遠的天際像一隻隻的小蚊子，用望遠鏡看才知是美麗的小精靈，我和姊姊仰著頭估算，竟有一、二千隻的候鳥回巢，牠們盤桓一會兒就回到椰子樹叢的巢穴中。姊姊覺得很興奮，一棵椰子樹上有上百隻，灰鶺鴒和白頭翁大小差不多，肚子圓滾滾的，看來靈巧可愛。我倒覺得看什麼鳥不重要，重要的是姊妹情深，像小時候摘黑甜仔菜，即便摘錯也快樂的童幼孩子。我和姊姊在樟樹下翹首看著，「噓——」兩人不時提醒，要安安靜靜，怕驚動樹上遠方來的嬌客。

在樹下觀鳥，又不干擾候鳥的作息，那是常年與自然相處培養出來的，也是女人溫柔的一面。

典雅的烏桕樹，與女人溫柔的一面更有共鳴，我和姊姊在烏桕樹下停住腳步，我就只是靜靜在烏桕樹下站著，在親情的溫暖光環下，讓我的傷痕化成落葉不斷不斷落下。

秋日的黃昏，烏桕樹葉翻成金黃，有些葉片開始變紅，比春日的翠綠更添風情；歷經了風雨和考驗，女人也走入流金歲月，而自然依舊不離不棄。

女人回到自然中，她叫得出野花野草的名字，也漸漸懂得「自然復原」的道理，有時自己也變成一棵樹，在自然中復原。

土地孕育生命一如母親，受創的土地會自然復原，受創的心也在自然中療癒。

——二〇〇六年一月三十日

從生命底層升起愛

1

有一回，我觀察一隻被棄養的果子貍，那是因爲SARS之後，牠被遺棄在山中，有人將牠送到保育研究單位照顧。

果子貍被關在籠子裡，保育人員用芒果、葡萄餵養牠。

有一天下午，有人好心想讓牠在草地上透透氣，於是把籠子打開，開口在籠子的上方，因爲不能直接靠近牠，我在旁邊不時發出聲音暗示牠，也觀察著，想紀錄牠用多久時間發現自己的自由，躍籠而出？十分鐘、二十分鐘？讓我驚訝的是，有時牠的頭已經伸到籠子外頭，牠仍然沒覺察到自己的自由，還是縮在籠子的一角，眼神流露著無奈。時而在侷促的籠子裡，不斷繞著圈圈，伸展牠修長的身軀，我在一旁則努力地提示牠，籠子打開了，牠始終渾然不覺。

那個情景有點好笑，我焦急的暗示牠，而牠卻在已開口的籠子裡繼續禁錮著自己。

我心中不免疑惑：難道被禁錮久了，牠已經放棄外面自由的世界？我眼睜睜看牠守著那小小的鐵籠，而草地上空空盪盪。

我是否也像那隻果子狸？渾然不覺自由就在手邊，還縮在籠子裡繞著圈圈？

結束婚姻多年了，我似乎才眞正靜心下來，從翻騰碎裂的陰影中掙脫，我追憶這其中的心理諮商的重建歷程，婦女中心的成長課程，家人朋友的陪伴，爲自己終於走過這段路而欣慰，爲一路的艱辛所流下的淚水而驕傲。

假如我一直守著過去的怨恨，不就像守著籠子的果子狸？

2

女人的情執比樹藤還纏人，如果有一天，我們發現與另一半並不相愛，這個發現雖然苦澀，卻是生命最深刻的經驗。

熾烈地愛，不一定有美麗的果實，曾聽過一位朋友的眞實體驗，她和夫婿結縭十三載，衝突不斷，有一天在便利超商與他不期而遇，他卻像陌生人般擦身而過，不發一語，令人心寒。

這些傷痕烙印，在腦海中把它放空，或者是它受傷結痂自行脫落了，又歸於零，於是有一種新的經驗，接近無欲的寧靜感。這寧靜感只有用清淨的湖水可形容，不必再為取悅別人而委屈自己心意，更不必為常保青春而嚴防衰老，褪去虛榮，紛擾的世界留下眞淳。

我們終於停下腳步來看一朵花，小小紫色的藿香薊，或是風中匍伏地面的紫花爵床；在公園邊的小商店，買一個十元，吃起來入口即化的紅豆餅，坐在椅子上聽老人們的家常對話；或是看一群黑色的小馬陸，在石縫邊躲正午的太陽。

工作上全然的專注，設計一只茶杯的花草圖案，書寫一篇小人物的訪問文稿，沒有超載的情緒起伏，看日出日落，自在安然。

3

有一次，我在禪寺中掃著落葉，錫蘭橄欖掉了一地的紅葉，美麗的紅葉脆乾捲曲，踩在上面「卡擦、卡擦」作響，心不禁隨著起了童心，我掃了一半，留一伴在樹下，好讓後面的人可以像我一樣享受這踩落葉的童趣。我央求老師父答應，老師父笑咧了嘴，好啊，老人家呵呵笑著。

開車載著老師父去小鎮買菜，老師父在小攤位買，在一號攤位買馬鈴薯、菠菜；在二號攤位買胡蘿蔔、芹菜；在三號攤位買花椰菜、高麗菜；在四號攤位買青江菜、白蘿蔔……。

爲什麼要分這麼多攤位買啊？老師父說：你看，這些小攤位都是老人家，他們都六、七十歲了，還出來賣菜，只是要賺點小錢圖個溫飽，如果分很多攤位買，大家都有錢賺，大家都溫飽。

老師父說得很自然，我的心裡卻流過一股暖流，就像清晨金黃的色彩進入我心田，慢慢暈染成一片心靈的黃金地。

颱風過後，我和綠志工拉著倒下來的野桐枝幹去丟，一、二百隻的椿象還眷戀野桐花，好像回到兒時的自然課，拉著枝幹十數回的辛勞都忘卻，椿象很小，我也變得很小。

如果我不曾經歷過悲傷，或許我不會懂得珍惜小小的椿象，我喜歡這些生命中此起彼落的溫馨，爲卑微的生命點起小小的光亮。

生命曾經掉落谷底，所以瞭解走在平地的幸福；生命曾經塗上暗淡灰色，所以瞭解純潔白色的可貴；生命曾經有缺口，所以從生命底層升起愛。

——二〇〇五年六月一日

如果我不曾經歷過悲傷，
或許我不會懂得珍惜小小的椿象，
我喜歡這些生命中此起彼落的溫馨，
為卑微的生命點起小小的光亮。

等魚睡著

前後左右都是魚，長得壯壯的錦鯉魚，一隻、兩隻、二三百隻，我不敢移動腳，怕稍稍一動，魚就會受到驚嚇，牠們有敏銳的聲波雷達。所以我讓自己在一盞柔和的燈下，坐成一隻靜默的龜，久久才呼氣吐氣，抬一抬脖子。

起先是我用腳去和魚做無言的交流，輕輕的，讓魚感覺我的腳是另一支涼亭的柱子，假若我移動了，那麼要很輕柔很輕柔，讓魚感覺我的雙腳是兩隻新移棲的魚，要用感覺，讓牠們感覺到我這個假定的訊息，這不是二條腿，而是兩條魚，這需要心靈全心全意的寧靜，彷彿身體只剩兩條腿，而這兩條腿已變成了魚。魚感覺到了嗎？慢慢的，牠們開始啄我的腳，有點癢，我移了一下腳，魚一哄而散，我再靜下來，魚又聚隴過來，漸漸的，腳也像魚，魚也像腳，在昏黃的燈下相依偎。

我想等魚睡著了再走，左等右等，噴泉停了，燈也暗了，午夜時分，魚依然在我腳旁游來游去，不時還啄啄我的腳。

疲累的眼睛睜不開了，魚兒魚兒還是水中游，游來游去眞快樂，我沒體力再等下去，只好輕悄悄的離開水上涼亭，雖是用最輕悄的動作，魚仍然一哄而散，眞令人掃興，涉過漫淹到腳踝的水，走上涼亭，一路走回寢室，我繼而又想，其實今晚魚兒和我都很盡興。

後來有人告訴我，魚不太需要睡眠，他們通常站立著瞇一下，我回想那晚的情景，覺得有時候美麗的錯誤還眞美麗。

——二〇〇二年五月十四日

看樹的女人

認識一棵樹，在偶然間，那種與自然的邂逅很美；在自然中，看見女人與自然的溫柔對待，與另一個喜愛自然的美麗靈魂相遇，更美。

黃昏的烏桕公園，媽媽帶著學童匆匆走過，總是夾雜著催趕的不耐。有些媽媽出現在公園裡，手上提著大包小包的蔬菜水果，那是追趕時間的勤奮主婦。黃昏暖黃的夕陽照著花圃中巴西鳶尾絕美的花蕊，沒有人留意它。

夜晚，白日的繁忙結束了，留一丁點時間去吹風，烏桕公園最適合吹風，那裡還有等待我的樹朋友。我常在烏桕樹下散步，或者坐下來看雲，看雲在天上飛翔，好像自己也參與了它的自由。

夜晚的公園是孩子溜滑輪的童稚天地，站在溜冰場旁的母親們，看著孩子歡樂的戶外活動，不顧汗水的臭味，不時笑咧了嘴，咧開的嘴老半天還忘記合攏。

公園的雞蛋花下，有一位短髮的媽媽很專注的在看一棵樹。

看樹的女人，她長得也許很平凡，穿著在公園裡運動的休閒服，但是那模樣讓人感覺很舒服，那專注而喜悅的神情吸引我。

「小姐，請問妳在看什麼?」我問。

「橄欖花，」她回眸看我，很和靄的說：「很美哦!」

她說很美時的神情，讓我感動，是一種對橄欖花疼惜的讚歎。花開的美麗如果沒有知音欣賞，是何等的寂寞?就像男人笑女人愛花，說花是植物的生殖器官，說得理性知識又功利，用這個角度來看花，美感頓失。這位媽媽讚歎橄欖花的美，是出自自然眞心，是那份眞心讓人喜愛。

「是橄欖樹的花嗎?」我跟著也靠近去看，在路燈的光影中，淡白的花一串串的，像俏皮可愛的小鈴噹，一抬頭看，小小鈴噹掛了滿樹，眞的是好美。但我感動的是這位媽媽看樹的心情，再怎麼繁忙也不忘記看花，那般心情比花更美。

「公園裡很多漂亮的樹，有的葉子很漂亮，有的花很漂亮，那棵蓮霧的果實小小的，但小得漂亮，這棵橄欖樹，花很美，但要靠近才看得見。」她由衷的說。

「謝謝妳告訴我，眞的是好美的花。」我說。

我抬頭再看橄欖樹也看她，欣賞著橄欖花的美，和查某花的美。

然後，我們一起看路燈光影中的蓮霧樹，也分享對樟樹的印象，兩人都很珍惜小公園的樹朋友，而我更珍惜今晚媽媽花綻放的美麗。

——二〇〇五年二月十日

公園裡很多漂亮的樹，
有的葉子很漂亮，
有的花很漂亮，
那棵蓮霧的果實小小的，
但小得漂亮，
這棵橄欖樹，
花很美，
但要靠近才看得見。

感情的森林

有一位已離婚的女友很痛苦，因爲他前夫有女朋友了，其實她離婚三年來，法律上雖然離了，心還沒離，三不五時，她就打電話和前夫談過去的婚姻，他前夫告訴她：「即使沒有別人，我們也是不可能復合，因爲個性不合。」

而她訴說她前夫，其實我旁聽覺得她並不欣賞他，他好賭又不疼惜她，只是嫁了他，就把所有的愛情幻想和需求，投注在他身上，不管他有沒有能力給，明明嫁了個商人性格的丈夫，卻要求他像個秀才。

我說：「其實妳並不愛他，妳愛的只是愛情。」我覺得她需要談一場眞心被疼惜的戀愛，失婚以來，她一直很傷心，其實她傷心的是青春歲月中，沒有被丈夫疼惜過。

我想她是要求前夫一個眞心的道歉吧！

我很感謝我的男性朋友，在我離婚後，對我的關心，那眞的也很重要，因爲那是很微妙的感情，不見得是愛情，或許是我們都不知該如何歸納的情感，但就是很窩心，所以我告訴我的朋友：妳需要如兄弟般的友誼！

在生態學上，有原生林和次生林，次生林是森林被砍伐後，重新種上的森林，它不能回復原生林的純粹，但在生態上一樣重要，同樣擔負著守護土地的重責。

很多走出婚姻的人，不輕易再走進感情的森林，不一定是怕再受傷，而是害怕那種感情的糾葛，如纏勒植物般，勒得人不舒服。吃個飯要等人，出門二十四小時定期報告，愛總是那麼緊、那麼深、那麼密、那麼……呼！讓人喘不過氣來。

攀爬在柴山的高位珊瑚礁岩上，從岩縫中竄出的老榕樹氣根，把珊瑚礁團團圍繞，這是「纏勒植物」，我總是忍不住心顫，啊——那真像感情呢。有些人被纏的是愛情，有些人被纏的是親情，總之都是情。

人們都怕感情的纏勒植物，有些人選擇保持一段距離，淡淡的，似有若無，像白露時節的水澤畔，霧茫茫中獨自生長的蘆葦；或是，在鐵道上追逐著旅程的紫花霍香薊，不起眼卻那麼堅貞；或是五、六月，在合歡山上盛開著，滿山遍野，卻很少人邂逅的玉山杜鵑。

——二〇〇四年四月九日

很多走出婚姻的人，
不輕易再走進感情的森林，
不一定是怕再度受傷，
而是害怕那種感情的糾葛，
如纏勒植物般，
勒得人不舒服。

向野鼠懺悔

有時我覺得自己是懦弱的……，尤其在小小的野鼠面前，我會意識到自己的卑微。我的懦弱，只有野鼠知道，野鼠啊！野鼠！

那是多年前一個秋日的清晨，我和家人在墾丁的龍巒潭露營，所謂的露營其實是睡在吉普車裡，爲了趕赴清晨的墾丁勝景，甘願把車後座拉平變成睡床，忍受睡在車內的擁擠，這種對自然的狂熱著迷，只有年輕時才可能辦到。

秋日，龍巒潭的候鳥已翩翩來到，又是觀鳥季節，我的心老是在找尋天空中的精靈。

清晨，我和家人各自散步，還有一些些矇朧的睡意，但我已迫不及待要去聞聞泥草香。我走向水澤，高大的芒草幾乎要將我淹沒，我漸漸看不見家人了，獨自在荒野中漫步。眼前就是水澤了，草生地一望無際，四周生氣盎然，聞著清晨草葉的芳香，眞令人陶醉。

然後我看見那對父子在水澤邊，拿著一口大麻布袋，神情是工作完成後的滿足。

那父子拉著沉重的麻布袋，布袋裡不時傳出嘶吼聲，是野鼠！那麻布袋原來裝著一、二十隻的野鼠，麻布袋激烈扭動著，甚至可以看出野鼠的頭和身體形狀，用力撞向布袋，奮力想掙脫出來。

在草葉芳香的野地裡，即使是一隻獐頭鼠目的鼠小弟，都不會令人討厭。麻布袋中是哪一種野鼠？在自然之中，牠和我或許曾經相遇過，在秋日的芒草原。

是巢鼠嗎？台灣體型最小的鼠，巢鼠棲息在平地至二千五百公尺的芒草原，或高莖作物的旱田裡，會利用葉子在離地面一公尺處築巢，也會利用廢棄的鳥巢做窩，以禾本科植物的種籽或農作物的穀粒爲食物，也吃一些小昆蟲。生性靈敏活潑，繁殖力強，每年四到九月是巢鼠先生和巢鼠小姐的結婚季節，巢鼠媽媽一胎可以生五至九隻巢鼠寶寶。

是刺鼠嗎？刺鼠棲息在五百至一千五百公尺的山地，樹林、草原及荒廢地都是牠的活動區，雜食性，一整年都是刺鼠先生和刺鼠小姐的結婚季節，刺鼠媽媽一胎可以生四隻刺鼠寶寶。

是鬼鼠嗎？鬼鼠體格十分壯碩，四肢強壯有力，是台灣體型最大的鼠。鬼鼠棲息在平地和低海拔的地方，以農耕地和雜草叢生的廢耕地爲活動區，雜食性，除植物外，也吃蚱蜢、蚯蚓等小動物。鬼鼠會挖掘地洞做窩，還將挖出的泥土堆在洞口，做爲掩護。性情兇猛，受到干擾時會發出「嘶！嘶！嘶！」的威嚇聲，讓人不敢輕易靠近。

是巢鼠？是刺鼠？沒見到蹤影無從認定，我想大概是俗名叫「山豪」、「大山和」的鬼鼠吧？因爲鬼鼠的體型大，身長約二、三十公分，一隻成鼠的重量約有六百公克。眞是秋日肥鼠，因此受到山產店的覬覦。

我想那父子是抓野鼠的人，把陷阱放在野鼠活動之地，趁著野地的老鼠出來覓食，誤踩陷阱，他們就來陷阱上收獵物，再賣去山產店。

「好痛苦的叫聲，我應該救救這些野鼠吧？」我心裡顫抖的說著，也許我可以用買的，把這些將被賣到山產店的野鼠買下，我緊緊握著口袋裡的千元大鈔。

「還是快走吧，爲女孩子的安全著想，萬一他們是壞人呢？」我心裡又有一個理性的聲音在說話。

那父子扛著麻布袋走，草葉的芳香讓我睡意全消。

「可惡，他們一定很高興今天大豐收，這一、二十隻的秋日大肥鼠。」我心裡又自言自語。

那父子就要走過我身邊了，我又捏著口袋裡的千元大鈔，心跳加速，但卻說不出話來。

「喂，快點說，等他們走了，就來不及了。」我心裡又焦急的對話：「啊，算了，野鼠是放陷阱捉到的，受傷的野鼠即使放了也活不成……但是因爲陷阱受傷已經夠悲慘了，還要再下鍋，不是更可憐嗎？」

那父子走過我身邊，麻布袋裡傳出野鼠的嘶吼聲，倒像是在哭嚎了。

——二〇〇六年三月三日

跟著小灰蝶去喝咖啡

夏日的陽光驕艷，花圃裡的雙花蟛蜞菊和小灰蝶的街頭舞劇正在上演。妹妹說要去喝咖啡，我穿了休閒鞋就出門，穿越「烏桕公園」走到對街，土生的綠皮蓮霧落了一地，我來不及欣賞，走到銀行大門的花圃。一群小灰蝶也正出門，牠們光著腳丫子，就在花圃裡跳舞，小灰蝶實在太小了，翅膀合閉時只有大拇指的指甲那麼大，但是一群七、八隻的陣容就不容忽視了。

我在銀行大門的花圃前，拿著相機猛拍，保全人員的目光魚眼般死盯著我看，要命的，他大概以爲我是狗仔，等觀察我只是對花有興趣，他收回魚眼，但我想他並不知道我其實是在拍小灰蝶。

小灰蝶的迷你身影不是牠的錯，在蝴蝶的世界中，小灰蝶佔了百分之二十五，台灣已知有六十三屬一百二十種，牠的生活史和其他蝴蝶一樣，也是卵、幼蟲、蛹、成蟲四階段，屬於完全變態的昆蟲，小小身影生態卻毫不含糊。我彎腰近看牠，翅膀上亮亮的東西大概就是鱗片吧？嘴巴那長長吸著雙花蟛蜞菊花蕊的就是所謂的「虹吸式口器」，棍棒般的觸角靈敏輕巧，眞細緻啊，那眼突附近的尾紋我實在看不分明，我一走近牠就拍翅飛走，眞不知道生物學家是怎麼發現牠的眼紋的？

雙花蟛蜞菊眞像小灰蝶的舞台，綠油油的葉子襯得牠如銀白色，小灰蝶掂著腳正停在黃色的蟛蜞菊花蕊中時，我停下按快門的動作，爲了未知的圖像記錄放棄這眼前的美麗舞劇，那該有多傻？

「姊！你要喝什麼？我先幫你點。」妹妹在遠遠的咖啡店門口喊著。

「熱的小灰蝶拿鐵！」我說。

「什麼？小杯拿鐵？」妹妹喊著。

我怎麼啦？小灰蝶拿鐵？別管拿鐵咖啡了，專心拍拿鐵小灰蝶留下最美麗的身影吧。銀白翅膀，是銀斑小灰蝶或長尾波紋小灰蝶？是小灰蝶拿鐵亦是拿鐵小灰蝶？

還沒認識小灰蝶以前，我一直以爲牠是小蛾，認識後就喜歡上牠的名字，小

小小灰灰的蝴蝶雖不起眼卻最靈巧，
停在掌中只有指甲般大，
卻是野地的小小使者，
大自然不放棄任何微小力量
來提醒你它的存在。

灰蝶，小小灰灰的蝴蝶雖不起眼卻最靈巧，停在掌中只有指甲般大，卻是野地的小小使者，人自然不放棄任何微小力量來提醒你它的存在。

跟著公園的土蓮霧可以捕捉鄉間的足跡，跟著小灰蝶可以捕捉野地的影跡。是小灰蝶跟著我去喝拿鐵咖啡？還是我跟著小灰蝶去喝咖啡？

我看夠了小灰蝶，站在銀行前的花圃目送這野地小使者離去，牠拍拍翅膀奮力往前飛，我跟著牠的航程竟來到咖啡店門口，然後牠就消失不見了，留下我悵然若失的喝拿鐵。

——二〇〇六年三月三十一日

去冷水坑看「蘆葦」

「走，去冷水坑看蘆葦！」鄰居邀請我秋日出遊，同遊的還有兩位她昔日美髮工作室的同事，目前是家庭主婦。

陽明山有蘆葦？我納悶著，蘆葦是生長在水畔，草山上哪來的蘆葦？

「幾年來，我們都是秋天去冷水坑看蘆葦的啊。」鄰居說。

「可是蘆葦是生長在水邊的啊。」我說。

我的芳鄰可不在乎這些，她沉浸在看蘆葦的期待中。

我上網找領角鴞資料，爲了讓這三位女士對陽明山多一些了解，我複習了一下草山的動植物，至少要懂得冇骨消吧，那是蝴蝶的蜜源植物，每到春來，群蝶飛舞在冇骨消植株上頭的奇景，是不容錯過的。領角鴞清晨有時會停棲在樹頭，所以陽明山路上立著這樣的牌子——「前有領角鴞穿越，車輛請小心慢行。」

車子在草山上穿梭，一路上我介紹著植物的名稱，筆筒樹的幼葉會捲起像在打問號、冇骨消是蝴蝶的蜜源植物、相思樹不是長相思豆的樹。山下豔陽天，冷水坑卻是煙嵐緲緲，三位女士看到滿山翻飛的五節芒，興奮得像個孩子，在秋日裡開著紅花的芒草透著蕭瑟的美感。

「妳看，好漂亮喔，冷水坑的蘆葦！」女士們一路讚嘆著。

「那不是蘆葦！是芒草，五節芒！」我說。

「舞節芒？」女士們一聽又興奮起來。

「不是舞節芒，是五節芒。」我說。

「比較像舞節芒，跳舞的芒草。」女士們說。

女士們蹲下來觀察芒花，暫時放下煩瑣的家務，抓住生活中一丁點感性的情懷，那怕是從照顧先生和孩子的夾縫中擠出來的，都令人感心啊，這是婦人的自然因緣，而那種不放棄對自然的追尋，就像這芒草的堅韌。

冷水坑沒見到蘆葦，只見到芒草，事實上草山的地理環境，不可能有蘆葦，因爲蘆葦長在水澤，三位女士分不清芒草與蘆葦，是自然教育的缺乏，但是對這些家庭主婦來說，「去冷水坑看蘆葦」是她們秋日一個美麗的自然之旅，那份心情就夠美的了。看到的是蘆葦或芒草？又何必苛責，美的是那份願意親近自然的心境。

回程車上，一路的筆筒樹捲曲的幼葉好像在問著訪客：「要回去了嗎？要回去了嗎？」

三位女士忍不住告訴我：

「妳今天教了這麼多植物的名稱，我只記得問號樹。」

「是筆筒樹。」我又熱心的再複習。

「叫問號樹比較可愛，像今天可愛的出遊。」女士們說著，歡樂的笑了。

——二〇〇六年三月一日

女士們蹲下來觀察芒花，
暫時放下煩鎖的家務，
抓住生活中一丁點感性的情懷，
那怕是從照顧先生和孩子的夾縫中
擠出來的，
都令人感心啊！

竄改一個公園的名字

烏桕公園，一個會引起美麗聯想的名字，和她的生態特色相輝映。

烏桕樹在高雄，只有在柴山上才能欣賞她秋日的紅葉之美，這個公園的名字，不知要吸引多少南部愛樹的朋友，前來一親芳澤？

四十棵美麗的烏桕樹，環繞著公園紅磚道，光用想像的就夠美了！烏桕公園原來不叫烏桕公園，她有一個你聽過後不會有印象的名字──「中全公園」，和她的里名──廣居里也不搭配，和她優雅的丰姿更是相差十萬八千里，一個美麗的公園，取這樣一個俗氣的名字，眞是太委曲她了，所以我竄改了她的芳名，你瞧，烏桕公園，不是名符其實嗎？

一群女子私論著，在私下，我們就把公園的名字竄改了，就叫它「烏桕公園」。

每天在公園裡念這美麗的名字幾次，念多了，這公園愈來愈有韻味。

一位老伯伯唱著歌走過烏桕樹下，那是充滿感情的男低音，爲這個落葉繽紛的園子，添了一分詩意氣氛。

一位年輕女人指著蓮霧樹說：「這裡的居民很有公德心，都沒人會偷採，妳看，公園園長正在那兒澆水呢！」她說的公園園長，是一位發心照顧園樹花草的先生，他會幫花澆水，被居民封爲「園長」。

我和我的女性朋友相聚，坐在欖仁樹下，不期然發現一群馬陸正躲在石頭縫隙中，曬著太陽。原來馬陸一直在烏桕公園等著你去和牠相遇。

紅叩頭蟲在菁芳草上漫步，牠怎麼落單了呢？在烏桕公園等著你去和牠相遇。

春天的台灣島到處是一片綠海，群樹都在換葉子，在這個季節看綠色在葉片上的變化，是人生一大暢快，菩提、樟樹、烏桕、茄苳、楓香樹——那新葉翠綠與嫩黃的顏色，是畫家和攝影家都無法調製的，它正在家門外，在烏桕公園等著你去和它相遇。

三月，台北的杜鵑花怒放，每個小小角落都有它的芳蹤，即便是種在盆栽裡，杜鵑花依然開出它春天的消息，讓人不禁要翹起拇指稱讚它們的敬業。杜鵑花當然是不在意我們喜歡或不喜歡的評斷，它一逕是悠然自在，在烏桕公園等著你去和它相遇。

你今天看花了嗎？看見星星了嗎？看到月亮了嗎？吹風了嗎？都在烏桕公園，等著你去和它相遇。

烏桕公園當然也可以是樟樹公園，桂花公園，松鼠公園。

——二〇〇六年二月二十八日

你今天看花了嗎？
看見星星了嗎？
看到月亮了嗎？
吹風了嗎？
都在烏桕公園，
等著你去和它相遇。

紙與樹的生命關連

夜晚十一點半，報社的繁複工作已近尾聲。

我從編輯桌上抬起沉重的眼皮，試圖把自己從文字堆裡挖出來，不經意地，我看見一隻寬厚的手，從美工桌旁的大垃圾桶中伸出來，然後，我看見他的頭從垃圾桶旁探出來，這個怪異的舉動吸引住我，「他又有什麼新鮮的發現？」

下了班，坐上吉普車，他把一個大紙箱放在後座，我打開紙箱一看，終於明白他在垃圾桶裡挖什麼寶。紙箱裡滿滿都是美術編輯和文字編輯、記者們扔掉的紙，有些紙甚至只有短短幾行字，整張有五分之四的空白；有些寫了幾行字的稿紙；有些是印壞的圖案……。

吉普車行走在高楠公路上，一路上他並不講話，我猜想他是在跟紙箱裡的廢紙生悶氣，怎麼能不氣呢？受過高等教育的文化工作者，對每天賴以爲生的紙，尚且如此蹧踏，更何況社會上其他的人？

回到家，他把紙箱送去一位拾荒老人的推車上，再用塑膠布蓋好，他的神情鄭重而嚴肅，好像紙箱裡裝的是來自阿拉丁神燈的寶藏，而不是一堆廢紙。

辦公室環保幾年前即已推行，政府機關還有政令宣導，民間的機關則眞是碰運氣了，人們常因忙碌或有方便而忽略身邊的環保，它變成一個環保的死角。

爲什麼我們總是不願老老實實地珍惜地球的資源？我們必須學習面對物質的本質，一張紙來自遙遠的森林，製造一疊一百二十磅重的報紙，得砍一棵六呎八吋高的樹，所以，當我們面對一張空白的紙，它不只一張紙而已，它有微細的一棵樹的呼吸。一棵樹，看起來似乎比一疊紙重要多了，它可以提供人類氧氣；提供鳥類在它身上築巢休息；提供松鼠在它身上遊戲；提供螞蟻在它腳下活動，尤其住在空氣污濁城市的人，對於樹特別懂得珍惜，但是當一棵活生生的樹，變成你手中一疊薄薄的紙時，我們便只是用對待紙的態度對待它，而忘記它曾經是一棵春天美麗的樹，樹和紙，原來它只是換了一個樣子，我們便認不得了。

從前我有一個很壞的習氣，一張稿紙如果起頭寫不順利，便扔到字紙簍裡，現在我學習用鉛筆寫作，把這個壞習氣改掉，基於對樹木一種珍惜的心情，使我重新面對一張空白的紙。

對於紙，我們必須學習看透它的本質，它來自一棵樹，所以當我們提筆在紙上寫字時，要在心中存有虔敬的心情，寫出對社會、對人類有益的好言好語，不要辜負了一棵樹對你手邊那一張薄薄的紙的小小的貢獻，一張紙太微不足道了，但是它有著一棵樹對你深深的期許。

客家人對於字紙的尊敬，是值得我們學習的，以前客家村的「敬字亭」，應該重新受到重視，美濃的客家人敬字惜紙，還須把灰燼倒入乾淨的溪流，何等地慎重呀！我大學時代一位客家籍的同學，她不能忍受我們用紙包便當、包拖鞋、包燒餅油條、包衛生棉……。

「一張報紙裡有多少字呀，我如果這樣蹧踏字，一定會被我爸爸罵。」

佛教界曾廣爲流傳一本「敬字惜福」的書，裡面談到許多關於不敬惜字紙的故事，這些因果故事很令人警醒，不敬惜字紙，通常會多疾病，子孫會愚痴。這是很有道理的，美濃的祖先非常敬字惜紙，美濃的博士人數曾佔全台灣之冠，如果我們教導孩子敬字惜福，相信孩子必將彬彬達禮。

「沒有一棵大樹因你手中的書而倒下。」有環保概念的出版品通常喜用古樸的再生紙，寫上這樣一句話，這對習慣浪費紙張的人，是一則最好的警世良言。

然而，我更喜歡從尊重生命、尊重樹的角度，來看待字紙，學習從中去認識宇宙萬物的本質，唯有如此，我們敬字惜紙的心意，才能更純淨而虔敬。

紙與樹的生命關連，就在一念之間。

——一九九八年四月

阿公店溪畔嗚咽的雞

每一個有河流流過的城市，都是令人嚮往的，但如果那條河流並不乾淨，那卻是個悲哀的城市。

一九九五年夏末，「八一二」水災剛過，岡山小鎮一片狼籍，嘉興里的居民還忙著為環境消毒，小鎮的居民仍未從水災的餘悸中恢復過來，我和他決定尋溯阿公店溪下游，去尋找使阿公店溪溪水暴漲的病源，環保記者們已指出是一家鋼鐵廠佔用河灘地，使溪水洩洪功能受阻，才為岡山人帶來這一場水患，而我心中則存著一種心情，想好好瞭解一條每天與我一同呼吸的河流。

阿公店溪恰恰穿越岡山鎮鎮中心，小鎮的居民每天都會路經溪畔，她是一條與鎮民一同作息的護城河，就像高雄的愛河、巴黎的塞納河。我住處離阿公店溪不遠，清晨或黃昏，我常和他去溪畔散步、運動，他經常一邊散步，一邊講述阿公店溪的故事，他常常發出感歎。在他的童年，阿公店溪是一條美麗的溪，溪岸是茂密的竹林。

在每年岡山籮筐會舉行的地點河華路上，還依稀可以看到阿公店溪美麗的原貌，農田，檳榔樹和竹林，說來也很諷刺，這個溪段得以有一點點「原味」，因爲它是墳墓地，然而臨鎮的工廠污染，和小鎮的家庭廢水污染已使她再如何努力也洗不清她的髒臉。後來，我有一個機會去看橋頭鎮的五里林溪，五里林溪有一小段仍保有「原味」，我比較能體會他對阿公店溪的悲傷和感歎，那眞是如村姑般清新美麗的溪呀！

阿公店溪是上天送給岡山鎮居民，最美好的自然禮物，如今竟變成一條會「河東獅吼」的危險的河，到底是什麼樣的疏忽和蹧踏，把一條美麗的河變成危險的河？

記得一九九二年，居住在岡山時，阿公店溪在夏季大量繁衍的布袋蓮間，還能見到紅冠水雞，我看牠辛苦地在污黑濁臭的溪底討生活，眞爲她難過，幾個月後，連紅冠水雞也不見了，我想，這條溪的污染日愈嚴重，也難怪牠活不下去了。

騎了一段不短的鄉路，我和他來到阿公店溪的出海口，儘管河岸還有一些紅樹林，大概是海茄苳吧！正是盛開花期，我們熄了摩托車，驚動了原在紅樹林裡休憩的小白鷺和夜鷺，呀！阿公店溪，我不知道烏黑油濁的一條大水溝，還能不能稱爲「溪」！

蹲踞在紅樹林旁，望著阿公店溪，我怔怔說不出話來，他一直低著頭，我們還能說出什麼安慰的話來？這些年，要在台灣尋找一條清澈的溪流，是太奢侈了。

「走吧！我們回家吧！」他拍拍衣領上的海茄苳花。

我踱步走到另一頭，俯視腳下奄奄一息的阿公店溪，忽然我看見一包廢棄的垃圾，又是誰那麼缺德，把垃圾丟在河邊？再仔細一看，我的心臟登時停止跳動……。

啊！那不是垃圾，是一群雞，一群死雞，不，還有幾隻還沒死，是病了，病雞和死雞一起裝在塑膠袋，如同廢棄的垃圾般被扔在溪岸，有一部分泡在水裡……。

我目眶紅了，眼淚眞的掉不下來，台灣人哪！你爲什麼要這樣對待生命？我相信這些雞來自附近的養雞場，牠生前曾經以牠的血肉，供給養雞的人財富，當牠死了，難道必須這樣蹧蹋、踐踏牠嗎？海風呼呼吹著，恰似雞的悲鳴！

一九九七年春天，台灣爆發病死豬事件，我從海外的報紙看到死豬就地掩埋的慘狀。我想起那年阿公店溪畔嗚咽的雞，內心沉重起來。

老天爺是不是也有無言的時候？

——一九九七年十月

酢醬草的祝福

黃花酢醬草比紫花酢醬草細小，但是當我看到黃花酢醬草時，仍會忍不住蹲下來尋找它的蒴果，它的蒴果成熟時，手指輕輕碰觸它，蒴果內成熟的種籽便向四方彈跳，眞是跳遠高手，有時候我教孩子玩這個遊戲，總可以看見孩子亮起來的眼睛。

黃花酢醬草也是我最早認識的野花野草之一，它爲我打開美麗自然的窗，認識台灣之美。當年那雙彈著黃花酢醬草成熟蒴果的手，後來牽我的手走入人間溫暖的家庭，我們曾經一起走過土地的歷史和生態界，後來又一起投身保育運動，一起心靈成長。

第一次開著小青蛙車環島旅行，在鹽寮遇上反核的鄉民，我們停下蜜旅的行程，和他們站在微風細雨中，繞過北台灣來到台北城遇到街頭的反核大遊行，我們又加入他們，頭綁頭巾穿著涼鞋淑女長裙的走在隊伍中，那是土地最眞實的旅程。

一起走過的土地旅程豐富了年輕的生命，從大學時代的清水溝溪、寒風吹襲的大肚溪口、朱鸝鳥飛過的扇平、蘭嶼的單車行腳、大雪山檜木母樹林、滿州鄉迎灰面鵟、夜奔墾丁賞星、平埔族文化之旅……。對土地共同的熱愛將我們維繫著，沒有天長地久的愛情，但有對土地地久天長的愛。

最後我們分道揚鑣，記憶中有歡樂也有傷痕，受傷的是曾經緊握對方的雙手。時間將傷痕撫平，剩下的只有祝福，祝福是人世間最美好的禮物。

就像黃花酢醬草，每個成熟的蒴果都有一分真摯的祝福，對曾經愛過的心；每個成熟的蒴果都有一分溫暖的祝福，對曾經受傷過的心。

春天來了，酢醬草的蒴果又將迸裂彈向四方。小小的黃花很容易被遺忘，不要遲疑，小小的酢醬草，帶著祝福在豐沃的土地上札根。

——二〇〇六年四月一日

自然公園74

土地依然是花園

作　　者　涂妙沂
文字編輯　涂妙沂・謝雯凱・楊嘉殷
美術設計　alumi

發行人　陳銘民
發行所　晨星出版有限公司
台中市工業區30路1號
TEL:(04)23595820　FAX:(04)23597123
E-mail:morning@morningstar.com.tw
http://www.morningstar.com.tw
行政院新聞局局版台業字第2500號
法律顧問　甘龍強律師
印製　知文企業（股）公司　TEL:(04)23581803
初版　西元2006年6月30日

總經銷　知己圖書股份有限公司
郵政劃撥：15060393
〈台北公司〉台北市106羅斯福路二段95號4F之3
TEL:(02)23672044　FAX:(02)23635741
〈台中公司〉台中市工業區30路1號
TEL:(04)23595819　FAX:(04)23597123

定價250元
（缺頁或破損的書，請寄回更換）
ISBN 986-177-028-3

國家圖書館出版品預行編目資料

土地依然是花園／凃妙沂著. －－初版. －－
臺中市：晨星發行；臺北市：知己總經銷，民95
面；　公分. －－（自然公園；74）

ISBN 986-177-028-3（平裝）

855　　　　95009171

◆讀者回函卡◆

讀者資料：

姓名：＿＿＿＿＿＿＿＿＿＿ 性別：□ 男 □ 女

生日：　／　／　　身分證字號：＿＿＿＿＿＿＿＿＿＿

地址：□□□＿＿＿＿＿＿＿＿＿＿＿＿＿＿＿＿＿＿＿＿

聯絡電話：＿＿＿＿＿＿＿＿（公司）＿＿＿＿＿＿＿＿（家中）

E-mail＿＿＿＿＿＿＿＿＿＿＿＿＿＿＿＿＿＿＿＿

職業：□ 學生 □ 教師 □ 內勤職員 □ 家庭主婦
□ SOHO族 □ 企業主管 □ 服務業 □ 製造業
□ 醫藥護理 □ 軍警 □ 資訊業 □ 銷售業務
□ 其他＿＿＿＿＿＿＿＿

購買書名：土地依然是花園

您從哪裡得知本書： □ 書店 □ 報紙廣告 □ 雜誌廣告 □ 親友介紹
□ 海報 □ 廣播 □ 其他：＿＿＿＿＿＿＿＿＿＿

您對本書評價：（請填代號 1. 非常滿意 2. 滿意 3. 尚可 4. 再改進）

封面設計＿＿＿＿版面編排＿＿＿＿內容＿＿＿＿文／譯筆＿＿＿＿

您的閱讀嗜好：

□ 哲學 □ 心理學 □ 宗教 □ 自然生態 □ 流行趨勢 □ 醫療保健
□ 財經企管 □ 史地 □ 傳記 □ 文學 □ 散文 □ 原住民
□ 小說 □ 親子叢書 □ 休閒旅遊 □ 其他＿＿＿＿＿＿＿＿

信用卡訂購單（要購書的讀者請填以下資料）

書　　　名	數　量	金　額	書　　　名	數　量	金　額

□VISA □JCB □萬事達卡 □運通卡 □聯合信用卡

•卡號：＿＿＿＿＿＿＿＿＿＿ •信用卡有效期限：＿＿年＿＿月

•信用卡背面簽名欄末三碼數字：＿＿＿＿

•訂購總金額：＿＿＿＿＿＿元 •身分證字號：＿＿＿＿＿＿＿＿

•持卡人簽名：＿＿＿＿＿＿＿＿＿＿（與信用卡簽名同）

•訂購日期：＿＿＿年＿＿＿月＿＿＿日

填妥本單請直接郵寄回本社或傳真(04)23597123

請填妥後對折裝訂，直接投郵即可，免貼郵票。

廣告回函
台灣中區郵政管理局
登記證第267號
免貼郵票

407

台中市工業區30路1號

晨星出版有限公司

請沿虛線摺下裝訂，謝謝！

更方便的購書方式：

(1) 網站：http://www.morningstar.com.tw

(2) 郵政劃撥　帳號：15060393

戶名：知己圖書股份有限公司

請於通信欄中註明欲購買之書名及數量

(3) 電話訂購：如爲大量團購可直接撥客服專線洽詢

◎ 如需詳細書目可上網查詢或來電索取。

◎ 客服專線：04-23595819#232　傳眞：04-23597123

◎ 客戶信箱：service@morningstar.com.tw